ファミリーデイズ

瀬尾まいこ

集英社文庫

ファミリーデイズ*目次

瀬尾まいこ

Maiko Seo

ファミリーデイズ

Family Days

我が家のメンバー

中学校で働いていた私が、今ではやんちゃな娘とのん気な夫との生活に明け暮れている。

以前は、こんな暮らしを想像もしていなかった。学校や中学生が大好きで、教師はしんどいこともたくさんある分、どきどきわくわくできる最高の仕事だと感じていた。だけど、今は今でもう一つ別の人生が始まったみたいで、すっかり楽しんでいる。慌ただしい学校での生活に比べたら、家事や育児など単調で物足りないだろうと思っていたけれど、そんなこともない。

夫はいたってのん気で平和で、いつでもどこでも幸せそうに、にこにこしている人だ。怒るどころかいらいらすることもなく、よく食べよく寝てよく笑い、ついでにすぐに感動して、ちょっとしたテレビ番組で号泣している。のん気なうえに尋常でなく素直で、ラジオでいいと言っていたと突然朝からお白湯《さゆ》を飲んでいたかと思えば、まずは野菜から摂《と》るべきだと聞いたと唐突に食べる順序を気にしたりする。どれも三日と続くことはないのだけど、なんでも真に受けている姿を見ると、そのうち変な壺《つぼ》や石を買わされやしないかとひやひやする。

そんな夫と、そこそこ穏やかな私の間に生まれたはずなのに、娘はわんぱくでやんちゃで始終動き回っている。じっとすることを知らない娘との一日は、格闘だ。

早起きの娘は、早朝五時過ぎから活動を開始する。最近は電気コードがお気に入りでコードを見つけては這《は》って近寄り、握りしめて振り回している。娘が何かを振り回す音で目が覚めて、一日が始まる。

よく疲れないものだと感心するくらい、娘はほぼ一日中、あちこち這いずりまわっている。喜ぶだろうと選んで与えたおもちゃには目もくれず、隠しておいた電気コードやらゴミ箱やらリモコンやらを見つけては引っ張り出すのである。移動スピードは予想以上で、ちょっとした隙に隣の部屋まで這いずっている。

生まれた時は天使にしか見えなかったのに、何かを見つけては猛スピードで向かい、引っ張り出している娘を見ていると、たまにテレビで流される、町に下りてきた山猿が民家を荒らす映像を思い出してしまう。

娘を追いかけまわしているうちに日はあっけなく暮れていく。黄昏《たそがれ》泣きと言って、夕方に泣く赤ちゃんも多いと聞くけど、夜が近づこうとも力いっぱい暴れている娘のそばにいると、今日も結局何もできなかったと私のほうがたそがれそうになる。

娘を寝かせる準備を始めるころに、夫が帰ってくる。まだまだ元気が有り余っている娘は一日の報告をするらしく、夫を見ると大声であうあうと叫び出す。夫は娘の叫び声に、「そうだったんだね」と相槌《あいづち》を打ち、「明日もいい子にしてるんだよ」と言い、「ね、聞いてるの？　いい子にしててね。『はい』は？」と答えを強要したりもする。もちろん、〇歳児の娘が「はい」などと言うわけもなく、叫びたいだけ叫んで気がすんだ娘は、電気のコードはないかともうきょろきょろしている。

娘を寝かしつけ、一日が終了、やっと一息つけると思いきや、そうはいかない。もう一人、寝かしつけないといけない人物が我が家にはいる。

夫は夕飯後、「ちょっと一休み」と言いながらテレビの前に行くと、そのまま一瞬にして寝てしまうのである。結婚当初はあまりにも瞬時に眠る夫に気絶でもしたのかと、呼吸を確かめたこともある。それぐらい夫はすぐさま、しかもぐっすりと眠るのだ。

その夫をベッドで寝かせるのが最後の大仕事。簡単には起きない夫を揺り動かし、耳のそばで呼びかけ鼻をつまむ。うっすら目を開けたところで、歯ブラシを突っ込み無理やり歯磨きをさせていると、夫はようやく「あれ？　寝てた？」と動き出す。寝ぼけたまま歯磨きをすませ、ベッドに移動してまたもや速攻で熟睡した夫に「おやすみ」を告げ、一日が終わる。

そんな毎日が、勢いよく進んでいく。〇歳児の成長は急速で、ひたすら寝ていたのが転がるようになり、座るようになり、腹ばいで移動するようになっている。こちらの順応するスピードも同じように速くて、悩み事は三日ごとに変わり、昨日まで深刻だったこともけろりと忘れてしまう。一日の授乳時間や排便の様子まで書き留めていたノートはどこかに消え、なんでも丁寧に殺菌していたのが今では熱湯さえかけておけば大丈夫だと信じている。

〇歳児も中学生と同じくらい、今の瞬間は今だけだということを、感じさせてくれる。ぐんぐん育っていく娘とともにある日々は、中学校で働いていたころと同じように、楽しく実りは多い。けれど、学校と決定的に違うのは、育児にはゴールも小休止もないところだ。

学校には、卒業も進級もあるし、学期ごとや休日に息をつくこともできたけど、子育てはそうはいかない。明日も明後日《あさって》も、一年後も十年後も、娘との生活がみっちり続いていく。何が起ころうと延々と進んでいくしかないのだ。それを思うと、怖《お》じ気《け》づきそうにもなるし、どっと疲れそうにもなる。

けれど、幸運なことに、我が家には天性ののん気さを持ち合わせている夫がいる。

土日になれば、夫が家にいる。夫は暇さえあれば寝転がっているのだけど、その存在は大きい。日頃は早起きであまり昼寝をしない娘も、夫が横にいると朝は八時前まで眠り、さらには二、三時間昼寝もしてくれる。これで、家が片付くし仕事もできる。と言いたいところだけど、夫の体からマイナスイオンでも出ているのか、夫がいると私まで眠くなってしまう。だいたい三人でだらだらして夕方に散歩でもして休みは終わる。「もったいない一日だった」とぼやいているけれど、そんな日があるから、目まぐるしい娘との日々に備えられるのかもしれない。

毎日違う姿を見せてくれる娘の愛らしさと、人並み外れた夫ののん気さ。そのおかげか、たった三人での暮らしも学校並みに騒々しく温かい。

虹が出たなら

夫はとにかくよく眠る人で、暇さえあれば寝ている。仕事が忙しい時は「疲れた」と早々《そうそう》に眠り、休みの日は「なんだか寝すぎてぼーっとする」とこれまた早々《はやばや》と眠る。ごくたまに、「なんだか今日は目がさえてるわ」と言うこともあるのだけど、それでももって二分で、布団に入ればすぐさま寝息を立てている。

寝ることが大好きで、何があっても目を覚まさないくせに、最近、「寝室のカーテンをもっと分厚くしたい」と主張しだした。「朝、用事もないのに目が覚めてしまうのが嫌だ。休みの日は限界まで寝ていたい」と言うのだけど、必要もないのに目を覚ましている夫など見たことがない。夫の言う限界がいつなのか。考えると、ぞっとする。

そんな夫が、雨が降った日曜日の朝、突然勢いよく起きて家中の窓を開けはじめた。

「どうしたの?」

と訊《き》くと、

「虹が出てるかも。雨が降ってすぐ晴れる朝は虹がよく出るねん」とご機嫌にベランダへ出て行った。夫は虹が大好きなのだ。

プロポーズをされた時も、虹が出ていた。その日は船でプロポーズをしてくれる計画だったらしく、わざわざ神戸までディナークルーズに出かけた。しかし、乗り場へ向かう途中で虹を見つけた夫に、「うわ、虹が出てる。今、言うわ～」と告白されたのだ。

その日にいたるまで、夫とは一年ほど付き合っていた。けれど、残念ながらたいした思い出はない。デートと言って思い浮かぶのは、野球に付き合わされたことばかりだ。

野球が趣味の夫は、私をたびたびバッティングセンターに連れて行った。「どこに行こうか」となると、「バッティングセンターにしよう」となる。それどころか、映画に行く約束をしていたのに「あれ？　違ったっけ？」と間違えて連れて行かれたこともある。

甲子園《こうしえん》にも観戦に行ったし、高校生になった私の教え子が高校野球の地方大会に出るのを応援するのに、夫が勝手について来たこともあった。私は同僚の先生と行くし、生徒の手前一緒には行けない。と言っておいたのに、夫はこっそり来て、一人でしっかり観戦し、スコアまでつけて喜んでいた。野球と名のつくものがなんでも大好きなのだ。

バッティングセンターも甲子園もなんとか楽しむことができたのだけれど、つらかったのはキャッチボールの相手をさせられたことだ。草野球チームに所属している夫は、バッティングだけでなく守備の練習もしたいと、私を公園に連れて行ってはボールを投げさせた。運動神経がとてつもなく悪い私は、キャッチボールなどできるはずもなく、夫が返してくるボールを取りに走ってばかりだった。うまくいかないのだからあきらめればいいのに、気の長い夫は「もっと手を伸ばしてみればいい」だの、「頭の上で構える」だの、アドバイスをしてはボールを延々と投げ続けた。今さら野球選手を目指しているわけでもない私にとって、どこまでも転がっていくボールを追いかけるのは苦痛でしかなかった。今思い返しても、二度とやりたくない。

のん気をかさに着て、実はマイペースな夫に振り回されてばかりだったんだなと振り返ってみて、思い出した。同じころ、私も付き合ってもらっていたことがあった。

当時、私は保育士の資格試験を受けるために勉強をしていた。その二次試験で子どもたちにお話をするという課題があった。好きな話を選んで、何も見ずに三歳児が聞いているると想定して三分間話すというものだ。私は『コッケモーモー！』という絵本を選んで受験することにし、練習を始めた。

鳴き方を忘れた雄鶏《おんどり》が、「コケコッコー」と鳴けずにいろんな動物の鳴き声を出してしまう。しかし、その妙な鳴き方のおかげでキツネを追い払い、みんなにほめられ鳴き方を思い出した、という話だ。それを、夫は会うたびに聞いてくれた。しかも、「おんどりって何?」とか「なんでキツネだけ怖がられてるん?」とか、あれこれ反応をしてくれた。夫の疑問に合わせて、絵本の言葉をよりわかりやすい表現に変えて試験に臨んだおかげか、無事に合格することができた。

「三歳児になりきって聞いてくれたおかげだよ」と合格できたお礼を言うと、「そんなつもりはなかったけど」と夫はきょとんとし、「あの話って、何回聞いてもおもろかったよな」と笑っていた。夫は本気で幼児向けの物語を楽しんでいたようだ。

結婚した今も、違うところはたくさんある。私は夫の草野球の試合を見に行ったことはないし、夫も私の書いた本など読みもしない。そのくせ、夫は「いつもまいこを優先してばかりやわ」とぼやいているし、私も「振り回されているのはこっちだ」と愚痴っている。それなりに、お互い相手に付き合っているみたいだ。

ベランダで虹を探したものの、見つけられなかった夫は、ベッドに戻った。「せっかく目が覚めたんだから、何かすれば?」と声をかけたけど、「寝るのが一番」ともう目を閉じている。

野球好きにはならなかったけど、夫の影響を受けていることがある。睡眠だ。休みの日の二度寝は本当に気持ちがいい。幸運にも娘もまだ眠っている。やりたいことがたくさんあるのにと言いながら、私ももうひと眠りすることにした。

人生の岐路

付き合って一年が経《た》ったころ、夫が緊急手術を受けることになった。その時には教師を辞めていて時間に余裕もあった私は、手術に付き添うことにした。心身ともに健やかで病気に不慣れな夫は怖がってはいたけれど、手術は無事に速やかに終わった。

手術を終え病室に戻った夫は、麻酔が残る体で私を見上げると、

「人生の岐路にそばにいてくれてありがとう」と涙をこぼした。

私は何か聞き間違いでもしたのだろうかと「なんて?」と訊き返した。すると、夫は「大事な時にそばにいてくれて感謝している」とさらに涙を流した。

申し訳ないと思いつつ、私は笑ってしまった。

なぜなら夫は虫垂炎《ちゅうすいえん》で、手術も一時間と少しでささっと終わったのだから。その一年ほど前、私はもっと大がかりな手術を受けたけど、涙などまったくこぼれなかった。

「ただの虫垂炎だから」

「引っ越しに、手術に……。人生の節目にはいつもまいこがいてくれた」

と私が突っ込むと、

と夫はまた泣きだした。

確かに引っ越しも手伝いはしたけれど、それだってたかだか三十分圏内の移動で、虫垂炎と同じくたやすく片付いた。本当に大げさだと笑いながら、私は濡《ぬ》らしたタオルで夫の口を湿らせてやった。

私が手術を受けたあと、一番ありがたかったのが、付き添ってくれた母親が唇を濡らしてくれたことだったのを思い出したのだ。手術後は体が熱っぽいせいかやけに喉が渇く。それなのに、麻酔のせいで動けないし、絶飲絶食だから水は飲めない。そんな時、唇を少し濡らしてもらっただけで生き返った心地がしたのだ。やはり夫も同じく、ほんの少しの水分でしんどさが軽減したようで、「すごい。体が楽になる」と喜んだ。

どんな困難でも人生に無駄なことなどないと言うけれど、手術を受けた時、こればかりは当てはまらないと思った。痛いし怖いしつらいし、苦しいだけで良いことなど一つもないとずっと思っていた。だけど、手術後にただ唇を濡らすだけで楽になることは、実際に経験しなくてはわからなかった。同じ場に立たされたからこそ、簡単に手助けできることもあるのかもしれない。口に濡れタオルをあてるだけでほっとした顔をしている夫を見ていると、少しだけそう思った。

ただ、夫は唇を濡らしたことで感動したらしく、やっと収まっていたのに、またもや「こんなことまでしてくれるなんて」と泣きだした。しかも、看護師さんに涙を見られるのは嫌なようで、「涙拭いてー。誰か来るー。早くー」と麻酔で動かない体で訴えてくる。「泣くだけ泣いておいて勝手だな」と私が笑うと、今度は「笑わせんといてー。お腹が痛いー」と叫びはじめる始末。手術を受けたばかりだというのに、騒々しいったらなかった。

手術後、夫はそのまま五日ほど入院をし、その間に初めて私の本を読んでくれた。見舞いに行くと、「まいこの本、読んだでー」と自信満々に報告し、「気になるところがあったから、訊きたくて線引いといてん」と本のページをめくりはじめた。

私は照れ臭いながらもうれしくてそわそわした。いったい夫は何が気になったのだろうか。私の本のどういう部分に興味を持ってくれたのだろう。そうどきどきしながら、夫が開いたページを見てみると、「これくらいのショートがっかり、葉山《はやま》君、朝飯前でしょう」という文に線が引いてある。

特に何かが起こる場面でもないただのセリフだ。これの何が印象に残ったのだろうか

と首をかしげていると、

「なあ、ショートがっかりって何？」

と夫は真顔で訊いてきた。

「ちょっとだけがっかりするってことだけど」

と答えると、

「なあんだ。そういうことか」

と夫はあっさり納得してしまった。

「気になったところって、ここだけ？」

「せやで。その言葉が意味わからんくて頭に残っててん。あとはわかったで」

夫はそう答えて、もう本を片付けてしまった。

たいそうな話を書いているわけではないけれど、初めて一冊読み切って、印象に残った言葉が、「ショートがっかり」だけだなんてそれこそがっかりだ。

「なんかまあ、ええ話やったで」

落胆している私に夫はそうは言っていたものの、それ以来私の本を開きはしても一冊たりとも読み切っていない。

入院したらじっくり読めるんやけどなと、夫はよく言っているが、また夫の涙を拭いたり唇を濡らしたりするのは忙しい。感想も聞いてみたいけど、わざわざ入院したところで「ショートがっかり」くらいしか夫の心には残らない気もする。それなら、「おもろそうな話やな」と言いながら、二、三行読んでは眠ってしまう夫を見ているほうが平和でいい。

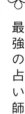

最強の占い師

虫垂炎の手術を終え無事に夫が退院した翌週、二人で石切《いしきり》の町に出かけた。

石切は駅から細長い坂道を下ったところに神社がある町で、その参道にたくさんの店がありおもしろいという話を聞いていたのだけど、実際に行ってみて不思議な雰囲気に驚いた。

少し昔の風情《ふぜい》が漂う参道にあるのは漢方薬を売る店や衣料品店で、何よりも目を引くのは占いの店がたくさんあることだ。これだけ占いの店が並んでいるのは見たことがない。

どの店もメディアで多数取り上げられていてよく当たると書いてあり、にぎわっている。せっかくだから占ってもらおうと、私たちはその中でも大きな店に入ることにした。

出てきた占い師のおばさんは、派手な格好に華やかな顔立ちで、いかにもズバリと真実を告げそうな感じである。しかも、「私はいろんなことを総合して占うねん」と、生年月日だけでなく、手相も顔相も名前の字画も調べてくれた。これならよく当たるにちがいない。二、三度占いに行ったことがあるものの、当たったためしがない私は期待がふくらんだ。

「で、二人で来てるってことは、相性やな」

私たちの性格を適当に占ったあと、おばさんは切り出した。

「はあ、まあ」

「あんたら、ええ年やん」

おばさんは生年月日を書いた紙を見て言った。この時、私は三十八歳だったから、相当いい年だ。私は「そうですね」と相槌を打った。

「そんな年やのに、なんで結婚せえへんの。なんか、問題あんの？　反対でもされてんの？」

「いいえ」

「ほんだら、はよ結婚しいな」

おばさんはきっぱりと言った。ここまで言い切るのだ。私たちは相性がよく結婚すればうまくいくということだろう。そう訊いてみると、

「そんなことわかるかいな。でも、なんでも一度してみたらええねん。失敗したらその

時やん。結婚かて、してみなうまくいくかどうかわからへんやん」

とおばさんは堂々と言い放った。

「それもそうですけど……」

あまりに大胆な占い結果に面喰《めんく》らっている私たちに、おばさんは、「私も結婚失敗してな。それがどうしようもない男で」と、自分のことを話しだした。

それからは二十分近くおばさんの半生を聞かされていただけだ。おばさんの夫はだめな男でろくに働きもせず、おばさんが一人で仕事をし、夜の店でも働いた。おばさんはそりゃ美しく人気者だったのだけど、年を取り夫とも離婚し、いつまでもそういう仕事もできないだろうと一念発起し占い師になった。なんだかんだあるけど、人生楽しんでる。ざっとそのような話だった。

おばさんは話すだけ話すと、「もう終了時間やけど、ほかに占ってほしいことあるか？」と訊いてきた。ほとんど何も占ってないじゃないかと言いたいところだったけど、おばさんの波瀾万丈《はらんばんじょう》の人生を聞かされて疲れた私たちは「十分です」とすごすご帰ることにした。おばさんの話はおもしろかったし、まあいいとしようとお金を払っていると、「そや、思い出したわ。ええこと教えたる」とおばさんが声をあげた。

最後にようやく占いらしいことを言ってくれるのかと、私たちがじっと耳を傾けてい

ると、

「こないだNHKスペシャルで、卵子も老化するってやってたで。やっぱり結婚するなら急いだほうがええわ」

おばさんはそう言った。

初めて占いに行った夫は「占いってこういうのか」と感心していたけれど、きっと違う。本当の占いは、もう少し二人の相性とか未来を教えてくれるはずだ。

ところが、その一週間後、夫にプロポーズされた。

ちょうど一年付き合って、手術に付き添ったことがきっかけになったのだけど、

「あの占いに背中を押してもらったわ。あのおばさんに勇気をもらった」

と夫は意気揚々と語っていた。

占いも何も、おばさんは、「年を取ってるんだから、とっとと結婚しろ」と当たり前のことを言い、自分の身の上話をし、ついでにNHKの番組の情報を付け加えただけだ。あれなら私でも占い師になれる。本当に夫は単純なのだ。だけど、そう笑いながらも、結婚ぐらい失敗したってどうってことはない。どう転がったって人生やっていけるのだと、おばさんの話を聞いたせいか、私も結婚に気楽に構えることができた。

おばさんは私たちの未来も相性も告げてはくれなかった。でも、おばさんが勧めたように、私たちは結婚をしているし、それなりに幸せにやっている。どうやらあの占いは、ちゃんと威力を発揮しているらしい。

女子力発揮

結婚することを決めた私たちだけど、式をどうしたものかと頭を悩ませた。

準備がたいへんそうだし、お互いいい年だから挙げなくてもいいかと思ってみたり、記念に挙げておくほうがいいかと考えてみたり。あれこれ話をしているうちに、身内だけで海外で挙式するのがいいだろうとなった。新婚旅行もついでにできるし、親を海外に招待できるし、何より簡単に式が挙げられそうだと思ったのだ。

行き先をハワイに決め、さっそく二人で海外挙式を取り扱っている会社に出向いたのだけど、驚いたことに式場の予約は一年先までほぼいっぱいだった。ハワイにはたくさんの式場があり、毎日何組も式を挙げられるようになっているのにだ。結婚式など二ヶ月くらい前に予約して行うものだと思っていたら、日本だろうと海外だろうと一年くらいかけて準備をするのが普通のようだった。

なんとか半年後の空いている日を探してもらい、すべてが込みになったお得パックを申し込んだ。結婚式だけでなくアルバムもビデオも挙式後の小さな披露宴までついていて二〇万円と少し。海外挙式って意外にお得みたいだ。

ところが、その後、細々したものを決めていくことになったのだけど、ブーケにアルバムに式場の装飾。最初から決められているものは、実際に見せられると質素で、「おめでたいことですし」「一生に一度のことですしね」などと言われているうちに、少しずつランクアップしてしまった。

ただ、ウェディングドレスは最初から決められているものは白いスリップみたいで、美しくておしゃれな人が着ないと下着に見えてしまいそうだったし、ランクアップするにはあまりに高かったので、ほかの会社でレンタルすることにした。またもや驚いたことに、ドレスをレンタルしているお店も山ほどあり、どこも盛況で予約しないと試着できないという具合だった。

「もう年だし、ドレスなんて恥ずかしいわ。まあ、一応式だから着るのは着るけど」などと言っていた私だけど、ドレスを着るたびに、髪も整えて本番さながらの格好にしてもらえる。そうなると、その気になっていろいろ試してみたくなり、ドレス店をいくつか回ることとなった。

二週連続でドレス店を巡っていた土曜日。三軒目の店で、二着目のドレスを試着して髪の毛をセットしてもらっている間に、周りを見てぎょっとした。店は大きな鏡張りになっていてほかのお客さんの様子もよく見えるのだけど、彼女が試着室に入っている間の彼氏ときたら本当に疲れきった顔をしているのだ。こんなにそろいもそろって男性のどんよりした顔が並んでいる光景はそうそうない。これではドレス店ではなく病院の待合室だ。

けれど、そうなるのもしかたない。ウェディングドレスは着るのも時間がかかるし、どれもだいたい白くてレースがついていていまいち違いがわからない。男の人からしたら、なんでもいいから早く決めてくれとなるだろう。

これはさっさと着替えないとな。さすがに夫も三軒目だし、待たされてばかりでうんざりしているはずだ。慌てて最後の一着を試着して出てくると、夫の姿がない。ついにあののん気な夫も疲れ果てて逃亡したのかと見回してみると、一人でドレスラックを見ていた。

私に気がつくと「なあ、あっちにいろんな色のドレスもあってんけど。なんかすごいおしゃれやねん」と目を輝かせて言うではないか。「お色直しもしないし、一着しか着ないよ」と言うと、「えーそうなん」とがっかりしながらも、「後ろ姿も見て決めないとあかんからな」といろんな角度から何枚もドレス姿の写真を撮ってくれた。

夫がこんなふうにしてくれるのは、花嫁となる私へのサービスだけではない。結婚式準備で気づいたのだけど、夫には乙女チックなところがあるのだ。

会場を決めるに当たっては「庭と海が見えるところがええなあ」とうっとりしてパンフレットを眺めていたし、ブーケは「一色だけだと寂しげやけど、たくさんの色が入りすぎるとあかんな」と真剣に選んでいたし、自分の衣装を決めるにいたっては靴下の色までどうしようと迷っていた。ついでに、ドレス店に来店予約を取った時に、「試着する際に穿《は》いていただくので、ストッキングを用意してきてください」と言われ、「俺、一足も持ってないから行きしなに買わなあかんわ」と慌てていた。もちろん、ストッキングは私だけでよかったのだけど。

結婚式準備で喧嘩《けんか》するカップルも多いと聞くけど、準備中はバッティングセンターにも行かずにすみ、平和で楽しかった。

まるでおしゃれじゃない私は、服屋に行くのは苦手だ。そのうえがさつで、母親にも「もっとこぎれいにしなさい」と言われる始末で、女性としてのすてきな部分が欠けていると自覚していた。そんな私がウェディングドレスを着るなんて、なんだかこっぱずかしかった。

だけど、夫が「なんか違うわー。レースは派手すぎでちょうどいいんやわ」「ああ、これは見るより着たほうがよく見える」などと一人前のことを横で言うせいか、一緒にいるとついついやる気になって、次々着てみたくなった。ドレス店を回っては、合間にお茶をして「あの店のドレスは安っぽいよねー」とか「やっぱりシンプルなのがいいのかなあ」などとそれなりのことを話していると、この年にしてようやく女性らしさが芽生えたような気がした。やっぱりおしゃれはうきうきする。それにしても、私だけでなく夫まで。二人そろって女の子みたいな心地にさせてしまうなんて、結婚式には不思議な力があるのかもしれない。

メモリアルデイ

春の真ん中。いよいよ結婚式を挙げることになった。海外旅行が初めての夫は、ハワイに行ったら馬に乗るだの、サーフィンをするだの、空を飛びたいだのはしゃいでいたし、すでに入籍をすませ一緒に暮らしていたので、式を挙げに行く実感がわかないままの出発となった。

ハワイに着いて簡単な打ち合わせはしたものの、すぐさま本番で、さすがにのん気な私たちも「もう挙式か」と少々不安になってきた。しかし、ハワイのスタッフの方々は頼もしい人ばかりで、のびのびした空気を作って私たちをリラックスさせてくれた。

中でも豪快だったのがメイクを担当してくれたMさんだ。

最初に、「どんなメイクにしたい？」と訊かれたので、「ナチュラルな感じがいいです」と答えると、「そんな地味な顔でナチュラルにしてどうするの？　ドレスに負けるわ」と一蹴《いっしゅう》された。さらには、アイライナーや頬紅はするのかと言われ、普段はしないと答えると、「その顔で？　頰紅くらい付けないとおかしいわ」とまたもや叱られた。これは挙式前にひどいことを言われているなと思いはしたけれど、仕上がった姿は「おお、それなりになんとかなるものなんですね」と思わず言ってしまう出来だった。Mさんは「そりゃそうだ」と自信満々で、私の母にも「この人、この顔であんまりメイクしないって言うんだもの。それじゃおかしいからかまわず塗ってやったわ」と誇らしげに失礼なことを言っていた。

Mさんだけでなく、スタッフの方はどの人も陽気で大胆で、「とりあえず笑っておけばいいのよー。今日は、あなたたちが主役なんだから。大丈夫、大丈夫」とおおざっぱに言ってのけた。結婚式ってそんなものだったっけと思いながらも、いざ始まってみるとアドバイスしてくださったとおりで、スタッフの方が作ってくださる流れに従って動いていれば、十分だった。あとはとにかく楽しくて、自然と笑っていられた。結婚式は厳粛で堅苦しいものだというイメージがあったけれど、実はとても愉快なものなのだ。味わったことのない空気の中で、見たこともない景色を目にしながら立ったことがない場所にいられる。それは貴重だし、何よりみんなに祝福してもらえるのはうれしい。ついでに緊張して硬くなっている夫もおもしろかった。天気にも恵まれ、海岸も庭も広々として心地よく、始まりから終わりまで晴れやかな気持ちで過ごすことができた。

ただ、夫は披露宴の最後のあいさつで感極まったのか、一言二言話しはじめて、号泣しだした。「どうしよう、泣くつもりなんかなかったのに」と言いながら涙をこぼし、言葉が続かないでいる。あらあらと横に立って夫を眺めていた私は、Mさんが準備の時に、「ウェディングドレスにはポケットがないのよ。だから、新郎がタキシードの内ポケットに新婦のハンカチーフを入れておくの。それを取り出して花嫁の涙をそっと拭くのがいいのよ」と言っていたことを思い出した。

Mさんが入れてくれたハンカチーフが夫のポケットには入っている。私がそれを取り出して渡すと、夫は涙を拭きながらなんとか話し終えることができた。

式から一ヶ月後、挙式のビデオが届いた。夫があいさつで泣いている姿を笑ってやろうと二人でさっそくビデオを見ていたら、驚いた。

式の初めに、新郎だけがチャペルに入場しみんなから一輪ずつ花を渡されるのだけど、夫はそこですでに泣いているのだ。

「え？　ここから泣いてたの？」

私がぎょっとした声をあげると、

「せやねん。みんなにおめでとうって言われて感動したわ」

と夫は懐かしそうに目を細めた。

そして、式が終わりビーチに出て、親にレイを渡す場面があったのだけど、そこでも夫は涙ぐんでいた。

「え？　ここでも？」

と私が訊くと、

「親父やお袋にこんな間近で何かを渡すことってないもんなあ」

と夫はしみじみとしている。

そして、最後の最後にまた号泣。「いったい、どれだけ泣いてたんだよ」と笑ってしまった。

けれど、後日、遊びに来てくれた元同僚の先生と式のビデオを見ていて、「こういうのって職業病だね」と二人でため息をついた。

私の披露宴でのあいさつときたら、まるで教室で生徒に話すみたいにてきぱきとしているのだ。「はい、というわけで、今日は無事に式が行われまして、それではまずは」などという言い回しで、感謝の言葉を述べてはいるものの、少しもしんみりとしてはいない。そのうえ、夫のタキシードのポケットからハンカチを取り出して渡している姿は、まさに生徒の対応をしている教師のようで情緒というものがまったくない。これでは結婚式ではなく、ホームルームだ。

参列してくれた親戚のおじさんも「最後に新郎が泣きながらあいさつをしたところが一番感動したわ」と言っていたけど、そのとおりだ。やり直せるなら、披露宴に戻って何も話さずうつむいてハンカチで目元を押さえておきたい。それにしても、夫が涙もろくてよかった。夫まで陽気にしていたら、結婚式の雰囲気など何もなくなってしまうところだった。

あれからずいぶん経った今も、私たちはたまにビデオを見て、爆笑している。すぐ泣く夫とちょこまか動いている私の姿は何度見ても笑えるのだ。少々おかしなところもあったけど、後々まで楽しい気分にしてくれるのだから、結婚式は想像以上に価値がある。

朝の定番

夫と暮らしはじめて一番衝撃を受けたのは、朝の過ごし方だ。

夫は起きてすぐさま朝ごはんを食べる。朝から山盛りのご飯に味噌《みそ》汁におかずとなんでもたいらげる。驚いたのは、食べる量だけではない。その速度だ。

一緒に生活しはじめた最初の朝、私は夫を送り出してから朝食をとることにして、ごはんを食べている夫の横で用事をすませていた。

身支度を終えて夫のほうに目をやる。夫はまだご飯を食べている。洗濯機を回し食卓をのぞく。夫は味わいながら味噌汁を飲んでいる。まあのん気な人だからなと寝室を片づけダイニングに戻ってみると、かれこれ十五分以上経つというのに、夫はテレビのプロ野球のニュースに歓声をあげながらまだ食べていた。いくらなんでもおかしい。これは朝ではなく、週末の夕飯の光景だ。不思議に思って、

「今日って、会社休みだっけ？」

と訊いてみると、夫は、

「なんで?」

ときょとんとしている。

「あまりにもゆっくり食べてるからさ」

「そうかなあ」

夫は私の言うことなど気にもせず、優雅にお茶を飲むとやっと腰を上げた。私も食べるのは好きだけど、仕事の日の朝ごはんなんて五分とかけない。どうやら朝でも急がないのが夫のペースのようだ。

朝ごはんを終えた夫は歯を磨き、身支度を整え、荷物を用意しはじめた。ついに出勤か、送り出したら私も朝食にするかと思っていたら、夫はベッドに戻りだした。

「え? 今日って会社行くんだよね?」

夫の不審な行動に再確認する私に、

「行くで。朝最後に少し寝るんが至福の時やねん」

と答えると、夫は夜と同じく速攻でぐっすりと眠ってしまった。

なんと夫は家を出る直前に五分ほど眠るのだ。それは結婚してから一日も欠かしたことがない。寝るのが好きだからと夫は言うけど、二度寝の時間を省き朝食をさっさとすませれば、二十分は多く眠れるはずだ。何度かそれを提案してはみたが、変わらず夫は早起きをし、ゆっくりごはんを食べ、気持ちよさそうに二度寝をしている。

そんなマイペースな夫が私と生活して変わったことがあるとすれば、休日だけは朝にパンを食べるようになったことだ。

夫はパンをお菓子だと思っていて、お腹の足しにはならないと朝食にすることを嫌がる。一方、私はパンが大好きで、毎朝食べたい。こだわりがない二人だけど、朝ごはんだけはお互い譲らず、平日は別のものを食べている。それが、休みの日には一緒にパンを食べるのだ。

だいたい土曜日はショッピングセンターや公園など、どこかに出かけるのだけど、そのたびに周辺にあるおいしいパン屋を探しておいて、そこでパンを買う。最初は私にしぶしぶ付き合っていた夫が、今では店に入ると目を輝かせて「うわ、うまそう」と興奮している。しかも、「惣菜《そうざい》系は買ったから、甘いパンも買わなバランスが悪い」だとか、「シンプルなパンを食べな、おいしい店かどうかわからない」だとか言いながら、どんどんトレイに載せてくるから、いつも十個以上のパンを買う羽目になる。

それを休みの日の朝から食べ、「この店のはクリームがおいしい」「ここは高いくせにたいしたことない」と、誰にも訊かれてやしないのに偉そうに二人で言い合うのが習慣になっている。ただ、大量に食べるせいで、休日は朝から満腹で動きが鈍い。買う量を減らせばいいだけのことだけど、せっかく来たのだからと、ついつい買いすぎるのだ。

それどころか、最近では一日にパン屋を二、三軒はしごするようになってきた。世の中にはおいしそうな店がたくさんあって食べ比べてみたくなるのだ。焼きたてのパンの匂いに購買意欲を抑えられず、それぞれの店でほいほいと購入し、一度に食べきれない量となってしまうのが毎週のことになっている。

ところが、月曜日の朝にも食べればいいものを、平日になるとたんに夫はパンを口にしなくなる。昨日あんなにおいしそうに食べていたではないかと驚くのだけど、「パンではお腹が膨れない。朝は米だろう」と似合いもしない日本男児のようなことを一人で言い放ち、ご飯をほおばるのだ。

休日以外は断固としてパンを食べない夫のせいで、私は平日の朝はスーパーで売っている食パンですませている。いいパンを一人で食べるのは、なぜか抜け駆けをしている気がするのだ。

おいしいパンをお腹いっぱい食べる。ずいぶんとささやかなことだけど、今では休みの日だけの特別な楽しみになっている。

主婦の心得

結婚するまで、主婦というのはたいへんだと思っていた。主婦には休みがない、人に認めてもらえない、社会と切り離されて孤独だなどというマイナスな情報を聞くことが多かったせいか、楽しくなさそうなイメージがあった。外に出て働くのも好きだったから、家の中にいるのは苦痛だろうし、他人と生活をするなんてわずらわしいはずだ。そう思っていた。

ところが、いざなってみると、主婦はそれほど悪いものでもない。

私たちが結婚して住みはじめたのは、関西の中でもかなり大阪色の濃い、昭和の空気が流れる下町だ。大きな商店街があり、いったい誰が買うのだというようなものを売る店やどうやったらそんな値段がつくのだというような格安の店が並んでいる。そこを行きかうのは九割がおばちゃんで、いつも大勢の人でごった返している。私もほぼ毎日商店街で買い物をするのだけど、「この干物、おいしかったで。うちのだんな喜んでたわ。あんたも買いいな」とか、「牛乳やったら今日はフレスコ（商店街の中のスーパー）のほうが安いで」などとしょっちゅうおばちゃんに話しかけられる。年齢的には私もれっきとしたおばちゃんのはずなのに、この町では小娘にすぎないようだ。

夫は幼いころは関東や九州にいて、関西に越してからも住宅街で暮らしていたせいか、私が一日のことを報告すると、「今日も同じおばちゃんに会ったん？」とか、「仲良くなったおばちゃんがいるん？」と驚いていた。

もちろん、話しかけてくるのはいつも違う名も知らないおばちゃんで、その場で話をしているだけのことだ。気になることがあれば顔見知りでなくても近くにいる人に話しかけるのはごく普通のことだと思っていたけれど、関西ならではの光景なのかもしれない。

そんなにぎやかな町で暮らしているおかげで、孤独感は味わわずにすんでいる。結婚して普段の日の話し相手は夫だけになったはずなのに、毎日誰かとしゃべっていられるのはおばちゃんたちのおかげだ。時々、おばちゃんのすすめをむげにできず、献立の予定にないものまで買ってしまうこともあるけれど、退屈しなくてすんでいるのだからお安いものだ。

そして、結婚と同時に、「主婦」という確固たる立場を与えられたことは大きい。

私はおおまかなくせに、何かしていないと落ち着かず、働いていないことを後ろめたく感じてしまうところがある。特に教師を辞めた後仕事をせずにいた時期はどことなく気まずくて、病院の待合室や美容院などで、「お仕事は何ですか？」などと訊かれるたびに、逃げ出したくなった。小説は書いていたのだから「作家です」と言ってもいいのだろうけど、私にはインテリジェントな空気が一切漂っていない。そんなことを言えば不気味がられるだけだ。結局おろおろと、「実は先ごろ仕事を辞めまして……」と答え、お節介な関西のおばちゃんたちに、「その年で仕事辞めたらきついなあ」「結婚も仕事もしてへんって、あんたこれからどうすんの？」などと言われるのがおちだった。

それが今や私は主婦なのだ。平日昼間にうろついて不思議に思われても、「私、主婦ですので」と答えればいい。だらだらしていようが、小説を書こうが書かなかろうが、知性があふれていようがぼさっとしていようが、主婦なのだ。今までただの日常だった料理や洗濯も、夫の分も一緒にしているというだけで、立派な役割に昇格している。普通に毎日を過ごすだけで仕事をしているも同然だなんて、主婦はお得でいいことずくめの職業だ。

そう喜んでいたのだが、当然そんなうまいことばかりでもなかった。

先日、私の実家で夫と夕飯を食べていた時、スリッパをテーブルの下に脱ぎっぱなしにしていた私を見て、「まいこがおおざっぱで困ってるでしょう」と母親がため息をついた。のん気な夫だから「そんなことないですよ」と言うだろうと思っていたら、「そうですよ。まいこがちゃんと閉めるのって、冷蔵庫のドアだけなんですよ」と言い出した。

そこから母親と夫は、「冷蔵庫は開けておくとピーピー鳴るから閉めるだけでしょう」「そう。はさみやペンもあちこちに出しっぱなしですわ」「やっぱり。目に浮かぶわー」と二人で私のだらしなさを語って盛り上がっていた。

学校で働いていた時にも、教頭先生に、「瀬尾さんは、机の引き出しをどれも少しだけ開けているけど、何か意味があるの?」と言われたこともあるくらい、私はおおざっぱではある。だけど、実の母親と夫でやいやい言うなんてひどい話だ。

どうやら主婦となったからには、細やかでいないといけないようだ。スーパーに行けばおばちゃんに、「だんなに魚も食べさせなあかんで」とかごをのぞかれ、母親には毎度、「きちんとせな、だんなさんが気の毒だわ」と言われる。主婦の先輩はいたる所に潜んでいるから、なかなか手を抜けない。

夫の汚れた服を洗い、夫が散らかした部屋を掃除し、それでも几帳面《きちょうめん》でないと嘆かれるなんて主婦というだけで心労が絶えない。と、原稿を書いていたら、私のスリッパを手にした夫が「俺のと替えて」と、やってきた。自分のスリッパをどこかで脱いで見つけられなくなった私が、手近にある夫のものを履いているのを取り返しに来たのだ。

夫はスリッパでも家の鍵でも、私が置きっぱなしにしたものを見つけるのがうまい。それなのに、洋服でも書類でもどこにしまってあるかを見つけられない。私も夫もおおまかだけど、その部分が微妙に違う。そんな二人が一緒に暮らして、お互いに物を探す時間は格段に減った。

同じ家の中に自分とは違う誰かがいるというのは案外いい。ほんの少し毎日が、快適に過ごしやすくなっている。

読めそうで読めない明日に未来

ある日、奇妙なハガキが届いた。内容はざっとこうだ。

「こんなことが起きるなんて、おみゃあのだんなは、火星人だ。夜、寝顔を見ないように。本当の姿を見られたら、だんなは火星に帰ってしまうだろう。わしは忙しくてたいへんだ。宇宙人はいるというのに、世の中には神様はいないのか」

内容ははちゃめちゃなのに、ハガキの上下を逆さに書いてしまったのでひっくり返して読むようにと丁寧に矢印と注意が書かれている。教え子のいたずらだろうか。いや、違う。こんな奇天烈《きてれつ》な手紙を書く人を一人だけ知っている。六十歳を超え、退職された後も指導主事として教育に携わっている、立派な人物。私が以前働いていた中学校の校長先生だ。

未《いま》だに半年に一度くらい、「おみゃあが死んだって風のうわさで聞いたけど、生きてるんか」と唐突に縁起でもない電話をかけてきてくれる大好きな先生だ。

その先生が、私の夫を火星人だと言うのは、尋常でなくのん気だからではない。私にちょっとした奇跡が起きたのだ。なんと、妊娠したのである。

私は数年前に子宮の手術を受け、その際に子どもは難しいだろうと言われていた。幼いころから、早く大きくなって子どもがほしい。思う存分子育てをしたいと夢見ていたぐらいの子ども好きな私は、医者に言い渡されてすぐさま保育士資格を取ることにした。自分の子どもが無理だとしても子どもと触れ合える機会はいたる所に転がっているのだと持ち前の楽観的な発想を発揮し、二年かけて資格を取得した。結婚してからは、子どもがいないならいないで優雅に暮らそう。子ども一人育てるのに一〇〇〇万円以上かかると聞くではないか。それを自分たちに使えるのだ。あちこち旅行しておいしいものを食べまくろうと、夫と話をしてはそれも楽しそうだと思うようになっていた。

そうやって、そこそこ時間をかけ、わざわざ教員を辞め受験勉強までして変更した将来展望が、あっけなく崩れたのだ。

手術して以来、半年に一度経過観察で病院に通っていたのだけど、ある時、生理も来ないしどうも体調が悪い。おかしいと申し出て診てもらったら、妊娠が判明した。担当の先生は「うそやん」と言っていたが、私だって驚きだ。しかし、尿検査ははっきりと陽性を示し、ずいぶん小さいけど赤ちゃんはお腹の中にいるらしかった。

あんなにほしかった子どもがやってきたのだ。夢見ていた未来が戻ってきたのだ。こんなにうれしいことはないはずなのに、あるのは驚きだけで喜びはわかなかった。それどころか、保育士資格を取ったのにもったいないなあ。しばらく旅行は無理だなあ。なとどという考えが頭には浮かんでしまっている。どうやら、病気になったり勉学に励んだり夫と今後の生活を語ったりしているうちに、頭の中の未来や希望は完全に書きかえられていたようだ。

何はともあれ、命が芽生えているのに感動しないなんて不謹慎ではないか。こんなので子ども好きと豪語していたなんてとんでもない。さあ、喜ぶのだと自分に言い聞かせてみたのだけど、ピンとこない。そうこうしている間に、つわりがやってきた。

これはどうにもしんどかった。一日中、車酔いの状態が続くのだ。病院に行くほどではないけど、すっきりしない体調。いつ治るかわからないし、妊娠中だから気軽に薬も飲めない。食べたら気持ちが悪いし、食べないと吐き気がする。生命の誕生などと立派なことを感じられる余裕はなかった。

夫はいくら寝顔を見ても地球にとどまってはいたものの、私のしんどさなどどこ吹く風で、子どもが生まれたら遊べなくなると熱心に野球に打ち込み、新婚旅行で授かった子だろうとたった一度ハワイに行っただけなのにマハロと名付けお腹に呼びかけていた。ただ、家事をいくら手抜きしても一向に気づかないのだけは大助かりだった。

適当に最低限の家事だけをし、スイカばかり食べ、まったく好きではなかった炭酸飲料を飲んでいるうちにつわりは落ち着いてきた。ようやく幸せをかみしめ、芽生えた命を味わう時が来るのかと思いきや、そうもいかなかった。つわり後の健診で、

「おかあさん太りすぎやわ。子どもは小さいのに。こんなんあかん！」

と叱られたのだ。

担当の先生はズバズバ言う女医さんで少々怖い。小心者の私は、怒られるのが嫌でマタニティヨガをし、せっせと散歩した。それでも体重は増えるばかりで、受診一日前から食事を減らすという姑息《こそく》な手段で定期健診を乗り切った。

妊娠して突然、人生の初心者に戻ったようだった。つわりも重い体もすべてが初めてで、取り扱い説明書すら読まないおおまかな私が「三十五歳からの出産」などという本を熱心に読みこんだ。

しかし、母性本能なるものはいくら待ってもわいて来ない。「胎動を感じるようになるころには愛情がさらに深まります」と本には書いてあるのに、どれだけお腹を蹴られ

ようが、性別が明らかになろうが、子どもに会えるのは楽しみだけれど、我が子への愛情は呼び起こされなかった。こんなので母親と言えるのかと焦り、生粋《きっすい》の子ども好きだったはずなのにどうしたのだと出産直前まで首をかしげていたけど、娘が生まれてみてわかった。

愛情がはぐくまれる瞬間というのは、本当にさまざまだ。体内に命を宿しているうちに芽生えることもあれば、苦労を乗り越えて確かになることもある。私の愛情はずいぶんと単純で、約九ヶ月お腹の中にいたからでも出産の痛みを乗り越えたからでもなく、娘をこの目で見て一緒に過ごして、ようやくみるみるわいてきたのだ。

娘が加わり、一気に暮らしはにぎやかで満ち足りたものになった。「生まれて来てくれてよかった」と何度口にしたかわからない。だけど、もし子どもがいなかったとしても、それはそれで楽しくやっていけただろうと思う。どう転がってもそれなりにすてきな出来事が待っている。子どもができてそれがよくわかった。

今は、将来設計など何一つ思い描いていない。日に日にやんちゃさに磨きをかける娘がいるのだ。今日一日の予定ですらままならない。娘次第の毎日。しばらくはそれもそれでいいとしよう。

究極の共同生活

出産予定日一ヶ月と少し前、急遽《きゅうきょ》入院することとなった。

二週間に一度の妊婦健診で胎動の検査を受けたところ、赤ちゃんが動きすぎるとのことで、「切迫早産のおそれがありますね。入院しましょう」と言われたのだ。

普段どおり健診に来ただけで、心の準備も荷物の準備もできていない。家は散らかり放題だし、出産の支度もしていない。そのように申し出たけれど、さっさと病室に連れて行かれ、スモックみたいな青い服に着替えさせられ、瞬く間に点滴をつけられ、このフロアから出てはいけない絶対安静だ、とベッドに寝かされた。せめて車の中に荷物を取りに行きたいと言ってはみたけれど、危険だから動いてはだめだと許されなかった。危険も何も、朝からどたばたと洗濯物を干し掃除機をかけ、ここまで車を運転して来たのだ。さらにはいつ退院できるかわからないと言う。突如動けなくなるうえにいつ帰れるかわからないなんて。しかも、連れて行かれたのは大部屋でますます気が重くなった。

以前入院した時、私は個室で過ごしていて、今回の出産に当たってもそう希望していた。少しの差額ですむのなら、一人のほうが気楽だと思ったのだ。

同室の人はどんな人だろう。仲良くなれるだろうか。いや、病院で親しげに話しかけるのはおかしいか。などと、転校生のようにドキドキしながら、仕切りのカーテンの隙間から周りをうかがってみた。すると、隣のベッドには派手な雰囲気のお姉さんがいるではないか。ちょくちょく毒舌を放つ声も聞こえてくる。やばい。苦手なタイプだ。親しくなれないにしても、目をつけられないようにしなくては。と気の弱い私はびびってしまった。

しかし、このOさんとは一ヶ月もの間一緒に過ごすこととなる。そして、大部屋でよかったと何度も思わされた。


妊娠は病気ではないからなのか、入院してしまえば驚くほど放っておかれる。先生の回診もなく、毎朝検査があるのと点滴を替える時に看護師さんが来るぐらいで、あとは安静にと寝かされているだけだ。明日何があるのか、自分がどういう状態なのかはっきりわからない。そのうえ点滴は電動でコンセントにつながれていて自由がきかず、何かするたびに看護師さんにお願いしなくてはならない。一日が永遠に続くように長く、すべてが憂鬱《ゆううつ》だった。

入院生活で唯一の楽しみが、食事の時などにカーテンを開け放ってみんなで話せる時間だった。みんな妊婦だから、不安なことや知りたいことが似ていて、おどおどしていた私も、すぐに溶けこむことができた。それどころか、ここでの生活がどんなものか、赤ちゃんに何を買えばいいのか、出産に向けて用意しておいたほうがいいものなど、ほとんどのことを同室の人に教えてもらったくらいだ。先がわからない中、誰とも話せなかったとしたらどうなっていただろう。想像するだけでぞっとする。大部屋に連れてこられたから、耐えられたようなものだ。

当たり前だけど、出産を終えた人は帰っていく。そんな中、Oさんと私はなかなか退院できず、新しい人が加わったり、二人きりになったりしながら、出産までの一ヶ月を共に過ごした。

苦手だとかまえていたくせに、Oさんの奔放な発言に乗っかって、一緒に話していると楽しかった。夫が「女子高生みたいやな」と言っていたが、生徒たちが教師のことをああだこうだ言うように、二人して、「あの看護師は点滴がうまい」だの「あいつはえらそうだ」だの「食事がしょぼい」だのと言ってはストレス発散していた。いつ解放されるかわからない、体を固定された日々なのだ。言いたいことを言わなくては、やっていられない。それに、陰では散々言える私たちも、看護師さんに一つものを頼むのでも緊張してしまう。そんなとき、「どうしよう」と言い合える相手がいると救われる。誰かに話しさえすれば、不安も戸惑いも簡単に軽減されるのだ。

私は帝王切開で出産をした。手術後、水は飲めなくてもせめて濡らしたタオルで口を拭きたいと、看護師さんが来るのを下半身麻酔で動かない体で待っていた。けれど、緊急手術だったうえ忙しい日だったようで、看護師さんはなかなか来てくれなかった。水分が摂れないのはこんなにつらいのかと嘆いていたら、もう予定日間近で動くことすらしんどいはずのOさんがタオルを濡らして持ってきてくれた。

そういえば、新しい人が病室に加わると、何かと声をかけに行くのはOさんだった。不安げな表情が、Oさんの気楽なおしゃべりで緩むのを何度見ただろう。

Oさんは私より十歳以上年下で、エステサロンの店長をしていたというだけあって、美人でおしゃれで華やかな、私とは正反対の人だ。普通に生活していたら、きっと友達にはならなかった。クラス分けを勝手にされてしまう生徒みたいに、同室にいたからこそ親しくなれた。病室が違ったら、「うわ、気が強そうなお姉ちゃんがいる」と通りすぎていたにちがいない。

人は見かけによらないなんていうのはわかりきったことだし、物言いのはっきりした人が優しくないなんてことはない。でも、実際に生活しなくては見えないものもある。Oさんとは一ヶ月、朝から晩までどころか二十四時間同じ部屋にいた。しかもどんどん重くなるお腹と不安定な体調で。格好などつけようがなく、気兼ねも遠慮も飛んで行っていた。途方にくれそうな日々を共に乗り切ってきたのだ。看護師さんより夫より、どれだけ頼りになったかわからない。

退院から二週間後、健診に行くと、「あなたのママ友のOさんが、さっき陣痛始まったところだわ」と先生に言われた。

ママ友？　誰だ、それは。と首をかしげていると、横にいた看護師さんが、

「ママ友って、何より心強いもんね。同じことが心配で同じことを知りたいと思っている友達なんだから。えらく早くできたね」

と笑った。

ああ、そうか。Oさんは私のママ友なのか。ママ友は保育園や公園デビューでできるちょっと恐ろしいものだと思っていたが、出産前にできていたのだ。

仕事の話でもはやりものの話でもなく、子どもの話ができる友達。今一番話したいこ

とは子どものことなんだから、必要に決まっている。

点滴でつながれた一ヶ月も、ママ友とめぐり合えたのなら価値があったと言ってもいい。

あの時、あの病室にOさんがいてよかった。今でも、そう思う。

対面は突然に

帝王切開での出産予定日が十二月二十日と決まり、一ヶ月に及ぶ入院生活もゴール目前となった十六日の昼前、「一度点滴を外してみましょう」とお医者さんに言われた。早産しないようにと二十四時間つけている点滴を取ってしまおうというのだ。

少し前なら大喜びした提案だけど、間近に出産が決まっているし、今さら何かあっても困る。私は「このままでいいですけど」と断った。それなのに、お医者さんはノリノリで、「両手が使えますよ。このまま調子がよければ、手術までにいったん家に帰れるかもしれないですよ。よかったですねー」と点滴を取ってしまった。

ここに来て唐突で画期的すぎる診断だ。本当に大丈夫なのかと思ったけれど、いざ点滴が外れるとあまりの解放感に不安は飛んで行ってしまった。看護師さんを呼ばなくてもお風呂に入れ、両手で体を洗える。トイレにも行き放題だし、寝返りだってうてる。針の刺さっていない腕も気持ちいい。その夜は久しぶりにぐっすり眠った。

その翌日、十二月十七日。両手を自由に動かせる喜びをかみしめながら朝ごはんを食べ、赤ちゃんの動きを見る検査を受け、その後、グミを食べながらPSPで『桃太郎電鉄』をやっていると、看護師さんがやってきた。「ゲームのやりすぎだ」と怒られるのかとびくっとしたら、看護師さんは絶飲絶食と書かれた札をベッドにぶら下げ、「先生の手が空き次第、手術だから。もう何も口に入れないでね」と告げた。

手術って何のだ!? 出産のなら三日後に行うはずだ。と慌てふためいていると、朝の検査の結果、今にも赤ちゃんが生まれそうだから早く取り出さないといけないと言うではないか。

突然そんなことを言われても困る。二十日に手術を受ける予定で夫も休みを取っているし、『桃太郎電鉄』も手術前日にゴールできるように進んでいる。「今日だと夫も来られないし、もう一度点滴をつけてもいいからどうにかしてほしい」と懇願したけれど、「このままでは子宮が破裂するよ。だんなさんじゃなくても誰でもいいから、話のわかる大人を一人呼んで」とあっさりとかわされた。

話のわかる大人って、だいたいの大人は話がわかる。身内が間に合わなければ、通りすがりの人にでもお願いするのだろうか。親切な人が歩いているといいけど、迷惑がかかってしまうだろうな。いや、そんなことより、手術の時は前日から絶食のはずなのに、さっきまでたらふくグミを食べていた。グミは弾力があって手術の邪魔になりそうだけど大丈夫だろうか。いや、それよりどうして昨日点滴を外したんだ。だからいいって言ったじゃないか。などと、あれこれ考えている間に準備は着々と進められ、急いで母に連絡をして駆けつけてもらった時には、私はもう手術用の点滴を打たれていた。

同室の人に「え？　瀬尾さん今日手術!?」と驚かれながら見送られ、母に「いったいどういうことなん。びっくりするやん」と言われながら手術室前まで送られ、あっという間に台に乗せられ麻酔を打たれた。

麻酔は胸から下だけだから意識はあって、先生たちの話し声も手術室の雰囲気もわかる。予定外だけあってみんな慌ただしく動いているようだ。今にも手術が始められそうだけど、麻酔はもう効いているのだろうか。体は固定されているから、目だけであたりをうかがっていると、何か置かれたのか胸の上にどしりと重みを感じた。やばい。まだ体に感覚が残っている。麻酔が完全に効いていないのだ。お腹を切られる前に伝えないと恐ろしいことになる。そばにいた看護師さんに「麻酔がまだ効いていないみたいで、胸の上に感触があるんです」と訴えてみると、「胸の上？　もうお腹開いてますけど」

と言われた。

なんと驚いたことに、ものの十分も経っていないのにお腹が切られているのだ。以前手術した時は五時間ほどかかったから、似たような段取りだろうと勝手にイメージしていたが、出産はまったく違うようだ。

ちゃんと麻酔は効いていたのかとほっとしたのも束《つか》の間《ま》、次は内臓がえぐられるような違和感があった。それも体が持ち上がりそうなくらい強烈に引っ張られている。腸が何かに巻き付いたのだろうか。子宮にグミが張り付いてはがすのに苦労しているのだろうか。「あの、引っ張られていて、体が動いてしまいそうなんですけど」とまたもや看護師さんに訴えると、「ああ、それ、赤ちゃんです。もう出てきましたよー。ほら」と娘を見せられた。

出産って、想像以上に素早いのだ。大感動の場面のはずなのに、何が？　どうなってるの？　と言っている間に娘との対面となった。

早々と出てきた娘はとても小さく、二〇〇〇グラムと少ししかなかった。生まれたての顔は我が子ながらかわいいとは言えず小さなおばあさんみたいで、「眠っておられたのに突然すみませんでしたね。お疲れ様です」と声をかけたくなるような風貌《ふうぼう》だった。

しばらく胸の上に乗せてもらっていたのだけど、怒濤《どとう》の出産の疲れが娘を見たとたんやってきたようで、「もう十分です」と我が子との貴重な触れ合いもそこそこに私はこてんと眠ってしまった。

ところが、手術の翌日、私はもう歩いていた。以前手術した時には、何日も痛くて動くのすらつらかったのに、体に付けられていた管を外されたと同時にすいすいと歩けるのだ。自分でも驚きの回復力だった。

「一回切ってると、案外痛くないんですね。手術も慣れなんですね」と言うと、先生に「同じだけ切ってるんだから、痛さは一緒ですよ。平気なのは母になったからじゃないですか」と笑われた。目の前に我が子がいるとなると知らないうちにパワーがわいてくるみたいだ。

ついでに、娘が出てくる直前まで、手術が早められるなんて何のために入院したんだと腹が立っていたのに、「緊急手術になったおかげで、かまえずに出産できました。かえってよかったです」なんて先生に話している。

体はたくましく、心は広く。突然であっても、出産が母親になる一歩を踏み出させてくれたようだ。

Tomorrow will be more beautiful

生まれたての娘はとにかく小さかった。今では想像できないけど、うっかりすると握りつぶしてしまいそうなか弱さで、ほかの赤ちゃんを見ると、あれ？　赤ちゃんってあんなんだったっけと、目を見張ってしまうほど小柄だった。

その小ささも手伝ってか、最初のころは何をするにもおっかなびっくりで、おむつ替えや着替えや沐浴《もくよく》のたびに、どこかがぽきっと折れやしないか、はずみでぐにゃっとつぶれやしないかとひやひやした。

中でも苦労したのは授乳だ。初めておっぱいをあげた時には、目をつむっているのに突然かぶりついてくる姿が新種の生き物みたいで、ぞくっとした。二、三日でその姿には慣れたものの、娘が飲みながら眠ってしまうのに困り果てた。体重を増やすためしっかり飲ませなくてはいけないのに、小さい分おっぱいを吸うのも疲れるらしく、ちょっと飲んだだけで熟睡してしまうのだ。足をくすぐり、体を揺すり、「お願いだから起きて」と毎回、大騒動だった。

やっと授乳を終えると、次に待っているのがゲップだ。授乳の後には必ずゲップをさせるようにと教わったのだが、これがなかなか出てこない。体を折り曲げ背中をさすっても、娘はうんともすんとも言わない。肩に担ぎ、背中を叩《たた》き、体を立ててみる。アクロバティックに動かして、ようやくげふっと出てくるというぐあいで、横で見ている母や夫に、「もういいんじゃない?」「かえって苦しそうだ」ととがめられることもしょっちゅうだった。

そのころの私は、まじめで心配性で、ゲップが出ないと母乳が喉に詰まると思っていたし、たかが泣きやまないだけでも、いったいどうしたんだとおろおろしていた。「泣いていても元気がよければ問題ない」「泣くのが赤ちゃんの仕事だ」とお決まりのように言われたけれど、母親になりたての私は、元気がいいのにこんなにも泣くってどういうことだと頭を抱えていた。中学校では手がかかる生徒だって、思春期の不安定な生徒だって、元気な時はにこにこしていた。ぎゃあぎゃあと大声で泣きながら問題ないなんて、赤ちゃんはどれだけややこしい性分なのだろう。

一ヶ月健診の際には、先生に訊きたいことをメモして行ったのだけど、そこには、時々顔が赤くなる。うんちをする時体をよじって苦しそうだ。爪が巻いているような感じがする。毛がなかなか生えない。三時間おきでなく、一時間おきにおっぱいをほしがることもある。

などと、「だからどうした?」「そりゃ、赤ちゃんだからだよ」と言いたくなるような内容がぎっしり書かれている。今では笑えるけれど、当時は、自分の判断ミスで万が一のことがあったらと、本気で不安だったのだ。

そのころは写真もたくさん撮っていた。一日に何十枚も、私が撮り、夫が撮る。横を向いては撮り、目を開いては撮り、今笑ったよねと言っては撮っていた。「この表情は二度と見られない」と二人で言っていたけれど、たまった写真を見てみると、どう違うのかわからない同じ顔が何枚もある。日々成長する赤ちゃんだとは言っても、慌ててシャッターを切らなければいけないほど、急速に変化を遂げたりはしないのだ。

写真を見返してもう一つぎょっとしたことがある。産後一ヶ月は実家に帰っていたのだけど、実家での写真には、ほとんど娘と一緒に食べ物が写っている。ある時は頭の横にかぼちゃの煮物。ある時は足元に天ぷら。お菓子が置かれている写真も牛乳やお茶が置かれている写真もある。娘の大きさをわかりやすく示すために並べたわけでも、娘にお供えをしていたわけでもない。

実家では、座布団に寝かせた娘を食卓に乗せてみんなで食事をしていた。なんとも奇妙な光景だけど、母に祖母に妹に私に、みんながいつでもよく見えるところに娘を置いておきたがり、ごはんの時には食卓の上が娘の定位置となっていたのだ。おかげで生まれたての娘の写真は、生活感があふれている。

それだけたくさん撮っていた写真も、最近では一日に二、三枚撮ればいいところになった。我が子の一瞬一瞬が貴重なのは変わらない。でも、今では次の日にはもっとすてきな顔を見せてくれることを知っている。

以前働いていた中学校で、私が尊敬していた英語の先生が、

「Today is beautiful. But tomorrow will be more beautiful.」

とよく生徒に言っていた。その時はなんとなくいい言葉だなと思っていただけだけど、今はその意味がよくわかる。

美しいことばかりではないし、順調にいくことのほうが少ない。だけど、今日より明日、明日より明後日がいい日であることを子どもは教えてくれる。

そもそも、自分のことは後回しの、子どもに振り回されてばかりの日々なのだ。今日

よりすてきであるはずの明日が待っていないと、子育てはやっていられないのかもしれない。

好き勝手暴れながら、今日も娘は期待と希望だけはたくさん持たせてくれている。

眠れ、よい子たち

産後一ヶ月が経ち、娘とともに実家から住まいに戻ると、夫から衝撃発言が飛び出した。

「しばらく寝室は別がいいわー。泣き声で夜中に目が覚めると仕事に差し障るから」

と言うのである。

娘はそのころ夜中に五、六回は起きて泣いていたから、同じ部屋だと眠れなくて翌日しんどいというのだ。

一度寝たら朝まで起きない。日中でも隙あらばひっくり返って寝ている。眠りのオーソリティである夫が夜中に起きるだなんて、ちゃんちゃらおかしい話ではあるが、赤ちゃんの泣き声には不思議な力がある。夫ほどではないものの、よく眠る私でも、娘が泣きかけた瞬間にぱちりと目が覚める。うちの夫であっても、眠りを妨げられることがあるのかもしれない。子どもが小さい間は父親だけ別の部屋で寝るというのも聞いたことがあるし、夫は仕事で運転をすることもあるから眠くなるのは危険だ。しぶしぶ了承し、二つのベッドを悠々と使い前にも増して満足そうに眠る夫を恨めしく思いながら、娘と私はリビングの片隅に布団を敷いて寝ることとなった。

それから一ヶ月ほど経ったある日曜日だ。

おしりふきをきらしてしまい、近所のドラッグストアに買いに行くのに、初めて夫に娘との留守番を頼んだ。

店までは家から五分もかからないし、買うものは一つだけだ。十分程度ならなんとかなるだろう。まだ二ヶ月になったばかりの娘はハンモックのようなベビーチェアのバウンサーが大好きで、上でゆらゆら気持ちよさそうに揺れている。今なら大丈夫だ。「よく見ておいてね」と、夫に何度も念を押し、急いで出かけた。

さっさと買い物をすませ、家の前の道を歩いていた私は、赤ちゃんの泣き声が聞こえ、どきっとした。いや、心配ない。娘は機嫌がよかったし、夫がしっかり見てくれているはずだ。近くに同じ年頃の赤ちゃんがいるのだろうと思いながらも慌てて帰ってみると、バウンサーの中で娘が号泣し、その横に夫がうつぶせで倒れていた。

なんと一瞬にして空き巣に入られたのだ。人がいたとは知らずに侵入した空き巣に後頭部を殴られ夫は気を失い、その惨劇を見た娘が泣き叫んでいる。そうとしか考えられない恐ろしい光景が目の前に広がっていた。救急車を呼ぶべきか、先に警察に連絡するべきか。と考えながら娘を抱きかかえ、夫を揺すってみると、

「あー、おかえり」

と間延びした声が返ってきた。

「まさか寝てたの？」

「知らん間に寝ててんなー。あれ、泣いてるやん」

と夫は娘を見て驚いた。

空き巣に入られたわけではなく、バウンサーの揺れを見ているうちに眠気に襲われた夫は、そのまま一瞬にして眠りにおち、娘が号泣するのも気づかなかったというのだ。私が買い物に行って戻るまでわずか十分。どうやったら、真っ昼間のそんな短時間に、大声で泣き叫ぶ娘の横で熟睡できるのだろうか。「夜中に目が覚めると仕事に差し障る」だなんて、たった十分すら起きていられないのによく言えたものだ。

その事件以来、みんな同じ部屋で眠ることにしたのだけど、予想どおり、どれだけ娘が泣こうと夫が目を覚ますことはなかった。

夜泣きのひどかった日の翌朝に、「すごい泣いてたやろう」と言ってみても、「え？そうなん？」と首をひねっている。さすが眠りのプロだ。

これで一件落着かと思ったら、そうはいかなかった。

ある晩のことだ。夜中に起きた娘がおっぱいを飲み終え、ようやくうとうとしかけたころである。

娘の名を呼ぶ薄気味悪い甘ったるい声がどこからか聞こえてきた。祖父の霊が娘に会いにやってきたのだろうか、はたまた育児疲れで空耳が聞こえるようになったのだろうかと不安になったが、何のことはない夫の寝言だった。せっかく眠りかけていたのに、名前を呼ばれた娘はぐずぐず言いだし、一から寝かしつけなくてはならなくなった。

もともと夫の寝言ははた迷惑で、「あ、そっち置いといて」とか、「わかったー。あとでな」などと、現実的なことを、はっきりと大声で言うのだ。

ようやくみんな一緒に眠れるようになったのも束の間、今度はその寝言で娘や私が目を覚ますようになってしまった。これでは、夜泣きで仕事に差し障るではなく、寝言で育児に差し障るだ。お気楽な夫は、翌朝に夜中の出来事を話すと、「えーそうなん。めっちゃ変やな」と、自分の寝言を笑っている。

さらには、夜の娘の様子など何も知らないから、「夜泣きはたいへんでしょう」などと訊かれると、「よく眠ってくれて助かります」と夫はにこにこ答えている。いやいや、眠っているのはあなただけだからと、毎回横でずっこけそうになる。

眠りのスペシャリストである夫は、夜だけでは飽き足らず、休日、娘に昼寝をさせようとしていると、なぜか必ずやってくる。眠りに関するアンテナが張り巡らされているから、違う部屋で用事をしていても、かぎつけて現れるのだ。

勝手にやってくると、夫は、

「さあ、寝ましょうね」

と言うなり、まだ目をキラキラさせている娘の横でごろりと眠ってしまう。寝かしつけるのを手伝っているつもりのようだけど、娘からしてみたら、突然現れた父親が目の前で瞬時に気絶しているだけのことだ。ただ、夫が横で寝ている時は娘もよく眠る。そして、不思議と眠りだした二人は同じ格好になる。同じ方向に顔を向け、同じように手を伸ばし、同じく健やかな顔をして眠るのだ。

寝る子は育つ。あんなに小さかった娘は着々と大きくなっている。ついでに、娘と一緒に寝ている夫も、少しずつ父親らしくなっているようだ。

赤ちゃんはみんなのそっくりさん

お腹の中の子どもが女の子だとわかると、母の第一声は、

「よかったやん！　女の子ってお父さんに似るっていうもんね」

だった。

出産前に一ヶ月ほど入院していたのだけど、そこでも、

「瀬尾さん、楽しみだねー。娘は父親に似るらしいよ」

と言われた。

ところが、みんなの期待を裏切り、いざ出てきた娘は、私によく似ていた。

出産後、手術室から病室に戻った私に母は、

「看護師さんがお母さんにそっくりな赤ちゃんですよって言わはるから、まいこショック受けてるんちゃうかって気になって」

と心配そうにしていた。

同室の人にも、

「瀬尾さんそっくりだね。でも、子どもの顔ってすぐに変わるから」

と励まされた。

当たり前だけど、私はショックなど受けていない。どこの母親が、生まれてきた子どもが自分に似ているからと、落ち込むのだ。

確かに、私の顔はぼんやりしていて地味でまったく美人ではない。だけど、これから始まる人生が絶望的になるほどひどい顔じゃないはずだ。いや、そう思っているのは私だけなのだろうか。実の母親にも知り合ったばかりの人にもこんなことを言われるのだ。今まで気づかずこの顔で堂々とあちこちを歩いていたけれど、相当勇敢なことをやってのけていたのだろうか。でも、特に困ったことは起きなかった。おおまかで気丈夫な私の子どもだ。娘もなんとかやっていけるだろう。

そう思っていたのに、生後一ヶ月も経つころにはむくみが取れだしたのか、娘の顔ははっきりとしはじめ、夫に似てくるようになった。それと同時に、「かわいいね」と声をかけられることも増えてきた。

夫は、いかにもおばちゃんたちが好きそうな、三日見たらどっと疲れが出るような、やたら目鼻立ちのはっきりとした顔をしている。そのせいで、三人で出かけると、決まっておばちゃんたちに、「かわいい赤ちゃん、お父さんにそっくりやね」と言われる。夫は謙遜《けんそん》することもなく、「ええそうなんです」とうなずいているけれど、よくよく考えると失礼な話だ。

私も負けじと、

「おばちゃん、私は？」

と言うのだけど、

「お母さんには、そう、あ、輪郭がよう似てはるわ」

もしくは、

「えっと、ほら、優しいところがお母さん似なんやな」

などと返される。

そう言われても私の輪郭は自分でどんなふうだったか忘れるくらい、特徴がない。娘のだってそうだ。それに、たった今、道で出くわしたおばちゃんに親切にした覚えもないし、まだ小さい娘が気を配るわけもない。ちゃんと似ているところがあげられないのかと、毎回おばちゃんたちにがっかりする。

親戚たちが娘に会いに来てくれても、同じようなものだ。

「俺の小さいころに似てるわ」「目元が△△の娘さんそっくり」「この鼻はおじいさんの

鼻やね」などといろいろな声があがる。ずいぶん遠い親戚までそっくりさんに名を連ねているのに、私に似ているという話はほとんど出てこない。

そう嘆いていると、友人が、

「赤ちゃんはみんなにちょっとずつ似ていて、だから、みんなを幸せな気持ちにできるんだよ。誰にでも似ているように見えるのが赤ちゃんなんだって」

と教えてくれた。

そういえば、身近な人や小さいころを思い出しながら、「～にそっくりだ」「～に似ている」と話しているみんなはとても楽しそうだ。私も、「母親なんだから私に一番似てるんだよ」と言いつつ、娘が様々な人に似ていると言われれば言われるほど、なぜか誇らしい気持ちになる。

一方、欲張りな夫は顔が似ているだけではまだ足りないのか、娘の些細《ささい》なことを見つけては、「俺にそっくりだ」「うわ、俺と一緒」と主張してくる。

先日は、ごま油で調理したおかずを娘が喜んで食べているのを見て、

「味覚が俺とまったく一緒やわ。俺もごま油大好きやもん」

と感動していた。

私だってごま油は好きだし、香ばしいにおいに食欲をそそられる人はいっぱいいる。

また、みんなが離れた瞬間に娘が泣いたりすると、

「寂しがり屋やから一人が嫌いやねんな。やっぱり俺にそっくりやわ」

と言う。

娘に限らず、だいたいの赤ちゃんは一人が嫌いだ。それに、三十代後半のおっさんが寂しがり屋だなんて、何を言っているのだ。

そんな夫が、最近、ようやく「まいこに似てきたな」と言うようになった。

娘は靴下が大嫌いで、何度穿かせてもそこらじゅうで脱いでしまう。その姿が、あちこちでスリッパを脱ぐ私に似ているというのだ。

一日何回も、うんざりしながら靴下を穿かせていたけれど、私に似ていると思うとなんともいじらしい。

それ以来、「縛られずに自由でいたいんだね」「こんなところに靴下を脱ぐなんて、なんて器用なの」などとほめ称《たた》えながら、靴下を拾っては娘を追いかけている。

押し寄せるイベントたち

子どもがお腹にいる時から、せっかく四季があるのだから、娘には折々の行事に触れさせてやろうとはりきっていた。学校で働いていた分、そういうのは得意なはずだと意気揚々だったのだけど、〇歳児に訪れるイベントはあまりにふんだんで目がまわりそうだった。

娘の最初の行事といえば、お宮参りだ。本来は生後一ヶ月で行うものらしいけど、寒い季節に生まれたうえに娘は小さかったので、暖かくなるのを待って、三月末、生後三ヶ月に近所の神社を訪れた。

当日は日曜日で天気も良く、我が家を含め三組の家族がいて、みんな一斉にお堂の中に入って、祝詞《のりと》を聞いていた。娘は外の風にあたって疲れたのだろう。神社に着いた時は腕の中でキョロキョロとしていたものの、お堂に入る前に眠りだした。「よかった、これで一安心」と周りを見てみると、ほかの赤ちゃんは生後一ヶ月くらいでまだ小さく、ぐっすりと寝ている。生まれて間もない赤ちゃんだけの、まだ意志を持たない純粋な寝顔は格別にかわいい。わずか二ヶ月ほど前のことを懐かしく思い出していると、太鼓がドーンと叩かれ、その音で目を覚ました娘がぎゃあーと声をあげた。

起きたら見慣れないお堂の中で、知らない人がそばにいて、低い声でなにやら唱えている。ただならぬ雰囲気に、とてつもなく驚いたのだろう。娘の泣き声はどんどんヒートアップするばかり。外へ出ようと立ち上がると、神主さんが、

「大丈夫。赤ちゃんは泣くほどいいんです。しっかり祝詞を聞かせてあげてください」

と言ってくださった。しかし、迷惑はなはだしい泣き声で、私も同席してくれた母もあののん気者の夫ですらあたふたした。立ち去ることもできず、娘も泣き止まない。ぜひほかの赤ちゃんも泣いてくれと願ったけど、みんな静かに熟睡している。

どうしようと立ったり座ったりしながら祝詞を聞いていると、みんなの住所や名前が読み上げられはじめた。けれど、娘の泣きっぷりは相変わらずで、お子さんの名前も聞こえやしない。せっかくお宮参りにいらっしゃっているのに、申し訳ないといったらない。

それが、「大阪府~平成二十五年十二月~」と、自分のことを読み上げられはじめた

とたんだ。娘はなぜかぴたりと泣き止んでしまった。そして、言葉がわかるわけでもないだろうに、自分の名前が呼ばれ終わるまでじっとおとなしくしていた。なんてことだ。自己中心的にもほどがある。むしろ自分の時ほどでかい声で泣いてくれと思ったけど、静寂が訪れたのはその一瞬で、名前が呼ばれ終わると、またもや娘は号泣を始めたのだった。

私も夫も母も、ずっこけるやらおろおろするやらで、終わるや否やほかの方々にせっせと頭を下げ、逃げるように足早に神社を後にした。

その後、写真館で記念撮影を行ったのだけど、これがまたたいへんだった。なんと撮影に三十分以上かかるのだ。絶え間なく「ハーイ笑って」とアシスタントのお姉さんがタンバリンを叩き、その横でカメラマンがシャッターを切りまくる。良い写真を選んで買うというシステムになっていたから、少しでもたくさん撮ろうとしてくれたのだろうけど、神社の太鼓でびびらされたあとの延々と響くタンバリンの音に、娘の表情はどんどん硬くなるだけだった。

そんなふうだから、出来上がった写真もいまいちで、着物をかぶせられこわばった顔の娘が一点をじっと見つめている写真は、どれもこれも新人演歌歌手のＣＤジャケットにしか見えなかった。わざわざ写真館で撮ったのに、写真は未だ押し入れにしまったままだ。

お宮参りが終わり、お食い初めをこなし、戌《いぬ》の日に参った神社にお礼参りに行き、○歳でやっておくことはこんなものかなと思っていたら、「ハーフバースデーおめでとう」と友人からメールが届いた。

近ごろの赤ちゃんは生後半年でお祝いをするのだという。インターネットで調べてみると、かわいく祝ってもらっている写真がいくつもある。

これは我が家もやらなくてはと、慌ててカレンダーの裏にハッピーハーフバースデーと書き、おかゆに赤ちゃん向けの棒状のお菓子を突き刺してケーキに見立て、お祝いらしいことだけはした。まだ六ヶ月の娘は喜んでいたからいいようなものの、なんて適当なハーフバースデーだろう。

それにしても、母親になって感心するのは、最近のお母さんたちのマメさだ。細やかで丁寧でセンスがいいお母さんがいっぱいいる。インターネットで娘と同じ年頃の赤ちゃんの写真をたまに見るのだけど、日々の離乳食にしても部屋にしても、かわいく作ってもらっていてとてもかなわないと脱帽する。誕生日をはじめ行事の写真なんて、どうやったらこれだけ手の込んだことをしてあげられるのだと驚異と感動で目を凝らさずにはいられない。

一歳の誕生日には、負けないようにと蒸しパンをハート形にくりぬいてケーキを作り、離乳食にハンバーグを用意した。しかし、見慣れないものに興奮した娘にケーキはものの五秒でひっくり返され、ハンバーグはまずそうに顔をしかめ吐き出されてしまった。

時間をかけて作っても、あっけなく壊されることなんて日常茶飯事だ。しかも、どんなに楽しませたって三歳より前の記憶なんてほとんど残らないだろう。だけど、一瞬でも笑ってくれるなら、少しでも喜んでくれるなら、何かしてあげたくなる。夫や私の誕生日はただケーキを食べる日になっているし、結婚記念日にいたっては、二年目ですっかり忘れていた。でも、娘のこととなると、ないセンスをふりしぼり、不器用な手も駆使したくなる。子どもの笑顔は、ものすごい力を持っている。

今日も大いに拍手

ついに、娘が歩きはじめた。ふらふらと前のめりに五、六歩進んでは、そのまま倒れこんでしまう姿は頼りなげでいじらしい。「おいでー」と両手を広げると、満面の笑みで一生懸命向かってくる様子ときたら、いとおしくてしかたなかった。

これはビデオに残さなくては。天気の良い日に外で撮ろうと夫と話していたら、その週の土日は雨が降り、次の週末に延期することになった。

ところが、翌週には娘は黙々と歩くようになってしまった。「おいでー」と声をかけても、「あっどうも。急ぐんで」というぐあいににこりとするだけで、すぐさま自分の行きたい場所へと向かってしまう。外に出ようものなら、手をつないでおかないと、一目散に逃亡する。一昨日《おととい》からはなぜか荷物を運ぶことにはまりだし、一・五リットルのペットボトルを両手で抱えふんふんと鼻息荒く歩いている。いじらしさなどどこかに消え、これではしっかり者の小さなおばちゃんのようだ。

いけない。また忘れてしまったと慌てて母子手帳を開くと、やはりあった。初めて歩いた日を書く欄。母子手帳は、寝返りや一人座りやハイハイなど、できるようになった日を書き留めておくようになっているのだけど、どれも空欄になっている。

そもそも私がおおまかでずぼらだというのもあるけれど、赤ちゃんが何かを習得する瞬間というのはわかりにくいのだ。できるようになるまではまだかまだかと待っているのだけど、なんとなくするりとできると、一気にこなしてしまう。

最初のハードル、寝返りはなかなかしなかった。六ヶ月過ぎまで、我が子は足をバタバタさせあおむけのまま移動するという方法をとっていて、後頭部がすれてはげていっているのを気にもせず、足をばねにして結構な距離を動いていた。

いったいいつするのだろう。早くしないかなと思っていたら、力を入れてゆらゆら体を揺するようになって、あれっと思っている間に、ころりと返ってしまった。

ハイハイもお座りもそんな感じ。「もうすぐしそうだね」と話し、「これってハイハイしてるのかな」などと言っているうちに、ぐんと上手になってしまう。

しかも、やり方もできるようになる過程もまちまちで、個人差があるのは重々承知だけど、驚くほど育児書のようにはいかない。

十ヶ月健診で、病院で先生に「まねをするようになりましたか？　バイバイって手を振るかな？　バイバーイ。あれ、しないかなー？」と手を振られた時も、娘はぽかんとするだけだった。

娘はバイバイには変なこだわりがあり、「またねー」と言って両手を振らないと反応しないのだ。私や夫が人と別れる時に、大げさに両手を振っているわけでもないのに、どうしてなのか不思議だ。

外出先で、「あら、赤ちゃん、バイバイ」と手を振ってくださる人も多いのだけど、いくら手を振られても娘は「突然、どうされたんですか？」と困惑した顔をしている。何も返さないのも失礼に思えて、「またねと言ってくださったら」「両手を振ってくださるといいんですけど」などと娘の横で申し出る。

また会うことなどないのにと思っておられるだろうけど、みなさん「そうなの？　まったねー」と両手を振ってくださる。そうすると、すましていたのが一変、娘はうれしそうに声をあげ両手を振りだすのだ。

娘のバイバイは厄介だけど、両手でさよならをする大人の人はなんだかかわいい。通りすがりの人に、娘と一緒に少し近づけた気がして、「すみません、なんだかうちの子、妙なんです」と言いつつ、微笑《ほほえ》んでしまう。

娘が両手バイバイと同じように、うれしそうにしょっちゅうやっているのが拍手だ。これも私たち夫婦が何かと手を叩いているわけではなく、どうして好きなのかはなぞである。

娘は拍手をする時には「あー」と歓声をあげ、その場にいる人の顔をじっと見回す。自分だけでなく、みんなにも拍手をしてもらいたくて、全員がするまで待っているのだ。誰かが途中でやめたりすると、またそっちをじっと見て「あー」と大きな声を出す。みんなが最大限手を叩いているのを確認して、ようやく娘の拍手は終了する。

いったい何の祝いだろう。赤ちゃんは繰り返しが好きなものだけど、毎度毎度こう盛大に拍手をしているなんて、ご近所さんにはとんでもなくめでたい家族が住んでいると思われているはずだ。

娘は今日も朝から、カーテンが開いたといっては拍手し、スプーンを置いては拍手し、おもちゃをまっすぐに並べられたといっては手を叩いている。

まだこの世に出てきて間もない娘には、拍手を送りたくなるすてきなことがたくさんあるのだろう。子どもっていいなと思いつつ、娘にじっと見つめられ、一緒に何度も手を叩いていると、私もなんとなくいい日を送れているような気がしてくる。

春、戻る

娘が一歳になった春、初めて家族三人で一泊旅行に出かけた。

以前、私が中学校で担任していた生徒たちの成人式に出席するために京都の北部、丹《たん》後《ご》に出向くことになったのだ。生徒が成長した姿を見ないわけにはいかないし、丹後までで一日で往復するには遠い。娘は一歳を少し過ぎたからなんとかなるだろうと、成人式の前日から宿泊することにした。


宿の方に子ども連れだと説明してはいたものの、迷惑をかけないか心配だったが、至れり尽くせりしていただいて三人ともゆっくり過ごすことができた。小さな旅館だったこともあり、子どもを入れるのはたいへんだろうと温泉を二十分貸し切りにまでしてくださり、娘は初旅行でちゃっかり露天風呂も体験できた。

食事も、ベビーフードを用意していたけれど、私たちのを分ければ十分だった。白米が好きな娘はご飯をほおばり、鍋物の豆腐やら白菜やらを食べては喜んでいた。丹後の食べ物は本当においしい。米でも野菜でもシンプルなものはなおさらだ。娘もそれがわかるのか、満足そうに次々たいらげた。

たらふく食べて、よく動いたおかげで夜もスムーズに寝てくれ、困ることは何もなかった。あれこれ気をもんではいたが、意外に子どもは順応性があるようだ。


翌朝、今でも時々突然に電話をくださり、妊娠した時には「おみゃあのだんなは火星人だ」とおかしな祝福の手紙をくれた校長先生が、旅館まで会いに来てくださった。先生は豪快でやんちゃで見た目も少々いかついので、人見知りして泣くかなと思っていたけれど、娘は物怖じすることなく、きゃっきゃ言いながら先生の周りを歩いていた。先生は娘を抱き上げながら、「子どもが生まれて良かった。子どもは本当にかわいい」と何度も言ってくださった。しかし、それ以外は相変わらずで、

「おみゃあはほんまタイミングが悪い。まぬけと言うのは、おみゃあのことだ」

と失礼なことを散々言って、みんなを笑わせた。

ひとしきり話をして、別れる時にいかの干物をくださったのだけど、「本当はもっとおいしいものを食べさせたかったのに」と先生はしょんぼりされた。朝から知り合いの

漁師の方にかたっぱしから連絡を取ったものの誰もつかまらず、新鮮な魚が手に入らなかったのだという。それで、タイミングが悪いと嘆いておられたのだ。人を喜ばせることが大好きな校長先生らしい。

そして、もう一人お世話になった校長先生の自宅にも伺った。こちらは二つの中学校で一緒に働くことができた、前に書いた小説に出てくる人物のモデルにもなった先生だ。

知らない土地で初めての家にお邪魔するのは難しいかなと思ったけれど、娘はずかずかと先生の家に入り、うれしそうに歩き回っていた。

こちらも飾り気のない先生で、手土産を渡すと、「こんなもん、ほんまいらんわ。わしのうちに来るのに物持ってくるなんてあかん」と粗雑に扱い、娘に先生お手製の味噌汁とご飯を出してくださった。

娘は遠慮することなく、またもや丹後のお米をほおばり、悠々と先生のお宅を闊歩《かっぽ》していた。

さて、成人式。夫に娘を預けて会場へ向かうと、そこには中学生の面影を残しながらもちゃんと大人になった生徒たちがいた。

五年という時が経っているのに、生徒たちに会うと、一瞬にしてわくわくする感覚がよみがえってくる。中学生（もう中学生ではないけれど）は、いつだって同じ場にいる人の胸を高鳴らせる。「我が子のかわいさは他人の子どもとは違う」ということを聞くけれど、何も変わりはしない。大事な十代をそばで見てきた生徒は、やっぱり娘と同じようにいとおしく大切だ。

だけど、式が終わると、近くにいた生徒たちに声をかけただけで、私は駐車場へと急いだ。本当は長居したかったし、すべての生徒と言葉を交わしたかった。でも、生徒たちはもう二十歳。しっかり自分の足で立っている。その姿を見ただけで十分だ。車の中では、まだまだ手がかかる娘が待っていて、私の顔を見るとたちまち泣きだした。

夫の話では、私が戻るまでは娘は泣きもせず機嫌よく過ごしていたらしい。近くにあった西松屋でアンパンマンの大きなぬいぐるみを買ってもらって、はしゃいでいたそうだ。

「西松屋のトイレでおむつも替えたわ」

と夫は自慢げに言った。

「よくできたね」

「大丈夫やったで。ついでにうんちもしたわ」

「そうなんや。昨日も出てなかったからな」

「え？　昨日も今日の朝もしたで」

「今朝はしてなかったよ」

「あ、うんちしたのは俺やで」

夫の答えにずっこけた。赤ちゃん用品を扱う西松屋でうんちをしたと言ったら、子どものことだと思う。というか、夫の排便事情など報告してくれなくて結構だ。しかし、夫にとってはおむつ替えベッドに娘を寝かしたまま用を足すのは至難の業だったらしく、器用にやり遂げたとほくほくと語っていた。

帰りの車の中で眠る娘を見ながら、

「全然人見知りも場所見知りもしなかったな」と私が言うと、

「そりゃ、まいこが何もかまえず楽しんでたからやん」

と夫は笑った。

そうか。私が完全に心を解き放って、大切な人にばかり会っていたのだ。我が子が人見知りなどするわけなかった。

とにかく毎日が必死で、失敗してはあたふたしながらたくさんの人に支えられて過ごした場所が丹後だ。ここに帰ると、心の隅まで熱を帯びるのと同時に、すべてがほっと解放される。ぴたりとくっついている娘がそんな気持ちを読み取るのは当然だ。

「また三人で来ような」

「うん。近いうちにね」

夫と、寝息を立てている娘に言って、帰路を急いだ。

すぐそこには、無数の手

ここ最近、娘はなぜか白いものしか食べなくなった。白米、豆腐、白身魚、かろうじてうっすら色のついた高野豆腐にささみ。豆腐に隠せば人参もほうれん草も食べるから味のせいではないはずだ。

どういうことだろうとインターネットで「一歳　白いものしか食べない」と検索してみると、同じことを相談している人が何人かいた。そして、「うちも白いものばかり食べていましたが、しばらくするとなんでも食べるようになりましたよ」というような回答が寄せられている。どうやら、白いものブームが来る子どもはたくさんいるようで、みんなの意見を読んでほっと一安心した。

子どもが生まれて変わったことの一つに、インターネットをフル活用するようになったことがある。新しいものにも機械にも疎かった私は、ネットは少しうさんくさいなどと思っていたけど、こんなに便利なものはない。みんな知っていることだろうけど、買い物もできれば、たいていのことが調べられるのだ。

最初にインターネットのお世話になったのは、娘が生まれて半年が経ったころだ。生後四ヶ月ごろから、娘の太ももが恐ろしく太くなってきた。将来競輪選手になることを早々に決意し、親に隠れて鍛えているとしか思えないがっちりした太ももで、それ以外は小さいのにおむつのサイズを大きくしなくてはならないほどだった。生後半年になるころにはさらにパワーアップし、すっぽり包まれるタイプの椅子を購入しようと店で試しに座らせたところ、なんと太ももが入らなかった。標準より小さい娘はほかの部分はすかすかなのに、太ももだけは押し込んでも入らない。椅子は一歳過ぎまで使用可能とある。どう考えても娘の太ももは太すぎるのだ。

帰るなり、育児書を開いてみたのだけど、「奇声をあげる」「いびきをかく」などいろんな場合の対処法は載っているのに、太ももが尋常でなく育ったときどうすべきかはどこにも書かれていなかった。

このままでは乳児にしてスピードスケートのオリンピック強化選手に選ばれてしまう。いったいどういうことなのだろうと、インターネットで「乳児　太もも　太すぎ」と検索をかけてみた。すると、びっくり。同じようなことを心配して質問をしている人がいるではないか。

「太ももだけが太くておむつがフィットしない」「太ももがあまりに太いのだけど、このままだったらどうしよう」など、まさに私と同じ悩みを相談している人がいて、それに対して「うちの子もそうでしたー！　でも、大丈夫。歩き出すとほっそりしますよ」「我が子も相撲取りみたいな太ももだったのに、背が伸びて細くなりました」というような答えが書かれている。

似たようなことを心配している人がいることに、そして何より同じ状況だったお母さんの大丈夫という言葉に安心させられた。

それからしばらく経ったころ、今度は娘が頭を床に打ちつけることが何度かあった。さっきまでにこにこ遊んでいたのに、突然人生に絶望し自暴自棄にでもなったかのように、ごんごんと繰り返し床にぶつけるのだ。

そんなに自分を責めないでと止めても、おでこが赤くなってもやめようともせず、黙々と何食わぬ顔で頭を打ちつける。

これはなんだとまたもやインターネットで、「乳児　頭　床　ぶつける」と検索してみると、太ももの時と同様、同じようなことを質問している人がいて、ちゃんと答えが書かれているではないか。

「うちもそうでした。でも、いつの間にかしなくなってちゃんと元気に育ってます」「大丈夫！　遊んでるだけで、心配ないですよ」などなど。見ず知らずの人の相談に、カウンセラーでもない人がこんなにも丁寧に答えているのだ。ネット上にも温かい人がたくさんいる。同じ経験をした人の言葉は何よりも心強い。子どもが生まれて、インターネットに助けられる回数はずいぶんと増えた。


もちろん、関西のおばちゃんたちも負けず劣らず頼りになる。娘を連れて商店街を歩きさえすれば、おばちゃんたちが「何ヶ月？」「夜泣きは大丈夫？」「離乳食どんなん食べてんの？」などと話しかけてくれる。

ある時には、泣き止まなくなった娘を片手で抱きかかえベビーカーを押していると、「あんた、家どこ？　家まで私がベビーカー押してあげるから、ゆっくり抱っこしてあげえな」

とおばちゃんが駆け寄ってきてくれたこともあった。

申し訳ないと丁重にお断りしたけれど、とてもありがたかった。娘が泣くと周りに迷惑だとびくびくしてしまう。そんなとき、声をかけてもらえるだけで救われる。

ある時には、「一番たいへんな時やなあ。がんばってな」とスーパーの中で言ってくれたおばちゃんが、店を出た後に追いかけてきた。何事かと思ったら、「がんばってるにきまってるわな。言い間違いや。無理せんときって言わなあかん」とわざわざ言い直しに来てくれたのだ。がんばれでも無理しなやでも、なんだって言葉をもらえるだけでうれしい。

街中だろうとネットだろうと、いたるところで、手は差し伸べられている。子どもができて、そのことがよくわかった。小さい娘を抱えていると、どんな手だってありがたい。どの手にも触れてみたくなる。

バイバイ、おっぱい

ゴールデンウィーク、ついに断乳をすることになった。

いつ授乳をやめるのかというのは、いろいろな考えがあるようで、離乳食をきちんと食べるようになり歯が生えはじめたら虫歯になるからやめるほうがいいとか、大事なスキンシップだから自然にほしがらなくなるまであげるのがいいとか。どの説も納得できてどうするか迷うところだ。

娘は、歩きはじめたころからおっぱいがほしくなると、授乳用のクッションを持ってきて私の膝の上に置き、その上に勝手に乗っかって、早くくれと催促するようになった。そのずうずうしさは笑えるし、おっぱいを飲んでいる姿はやっぱりいとおしい。まだまだ見ていたいと思うけれど、ごはんは十分すぎるほど食べているし、虫歯になられても困る。それに、授乳をやめると夜中に起きなくなると聞く。朝までぐっすり寝てくれたらどんなにいいだろう。

そんなことを考えていたら、娘が一歳四ヶ月となった五月、私の顔にヘルペスができてしまった。病院に行くと、薬は授乳中には飲まないほうがいいものだけど、飲まずにほうっておくとヘルペスが広がって危険だと言われた。これは断乳に踏み切る機会がやってきたのかもしれない。タイミングよく、翌日から夫も四連休だ。この休みをいかして、いざ授乳を終了することにした。

ネットや本の情報を見ると、断乳は三日が勝負らしい。授乳をやめて三日間は、子どもはおっぱいがほしくて泣き叫ぶけど、そのあとは案外けろりと忘れてしまうそうだ。たいへんなのは夜で、授乳しながら寝かしつけていた場合は、眠れず何時間でも泣きながら暴れる赤ちゃんが多いという。我が家もおっぱいを飲ませながら寝かせていたので、大騒動になるのは想像できた。しかし、泣き声に負けて一度でも授乳すると、断乳は失敗に終わり、次行う時には何倍も困難になるという。なんともおおがかりだけど、生まれてからずっと飲んでいたものをやめるのだから、相当な覚悟が必要なのかもしれない。

断乳一日目。日中に遊ばせ疲れさせておこうと、近くの大きな公園に出かけた。娘は大はしゃぎで、芝生の上を走り回り、放り投げたボールを子犬のように追いかけていた。何度かおっぱいをほしがることもあったけど、娘は走るほうが大事で、体を動かしていれば気がまぎれたようだ。

問題は夜だ。八時に寝室に行き電気を消すと、いつもどおりおっぱいを飲もうと娘は授乳クッションを探しはじめた。クッションがないとわかると、枕を膝の上に持ってくる。なんでもいいからおっぱいにありつこうと必死で、私のシャツをめくりあげては、早くくれとわあわあ言う。それには応じず、「もうおっぱいはさよならしたんだよ」と何回も言っているうちに、飲めないのだと気づいた娘は、スイッチが入ったように泣きだした。近所迷惑はなはだしい声でわめき、のけぞって暴れて手がつけられない。夫と私で声をかけては抱きかかえようとするのだけど、手を払いのけあちこちに転がりながら泣き続ける。この世の終わりが来たかのような泣きっぷりで、どこからそんなにパワーが出るのだと感心するほどだった。

一時間が過ぎたころ、一日公園を走り回っていた効果が出はじめ、娘は暴れつつもうとうとしだした。そして、寝返りを打っては泣くのを繰り返しているうちに、ようやく眠りについた。夜中に二度三度起きては泣き叫んでいたけれど、睡魔に負けては眠りに落ち、なんとか朝を迎えることができた。

断乳二日目も同じように公園に行った。外に連れ出すとおっぱいのことを忘れてくれるし、疲れて眠りにつきやすい。それに、娘が楽しそうに遊んでいる姿を見ると、救われた。赤ちゃんが泣くのは当たり前だと言っても、泣き顔ばかり見ていると気がめいるものだ。

二日目の夜も、娘は前日と同じく、泣き叫びながらも、疲れに負けて寝てしまうという状態だった。しかも、二日目になると、私のほうもたいへんで、母乳がたまり胸が張って痛くてしかたがなかった。おっぱいを飲ませれば、楽になるのにそれができない。「こんなに飲みたがっているんだし、もう少し先に断乳すればいっか」と、うっかり断念しそうになっては、だめだだめだと自分に言い聞かせながら朝となった。

またもや同じ公園でさんざん遊ばせ、やってきた三日目の夜。なんと、娘はおっぱいをほしがりもせず、ベッドの上でころころと転がって遊びながら眠りはじめた。昨日まであんなに泣き叫んでいたのがうそのようで、三日で慣れるとは聞いていたけど、こんなに変わるものかと驚いた。何はともあれ無事に断乳ができたようだと安心して寝ていたら、夜中二時すぎだ。娘がむくっと起き上がった。

いつもは娘、私、夫の順で並んで寝ているのだけど、母親のにおいで母乳がほしくなることもあるらしいので、断乳中は場所を変え、娘の横に夫、その横に私が寝ていた。娘はしばらく周りを見回したあと、夫の上をハイハイで乗り越え、私のそばにやってきた。「やっぱりおっぱいがほしくなったのか。また大泣きするのかな」と思ったら、娘は何も言わずに私の隣で五分ほど横になると、またもやむくっと起き上がって夫を乗り越え、自分の布団へと戻っていった。そして、そのまま何もなかったかのように静かに眠りはじめた。

ほんの少し隣で寝たことで何かが解消したのだろうか。それはわからないけれど、夫のでかい体の上を黙々と越えていく姿は、「もうおっぱいは飲めないんやな。わかったで」と語っているようで、たくましく見えた。もちろん、踏みつけにされながらも夫は熟睡していたけれど。

それ以降、娘はおっぱいをほしがることはなくなり、眠る時には、一〇〇円均一の店で買ったプラスチックの黄色いアヒルのおもちゃを握りしめるようになった。おっぱいの代わりが一〇〇円均一のおもちゃだなんておかしいけれど、それを大事に握りながら寝ている姿は、まだまだ小さい娘が、一つ大きくなったことをしっかりと示している。

不思議なお気に入り

我が家ではいたるところに、洗濯ばさみが転がっている。台所に玄関に寝室。私が洗濯物を干すたびに自暴自棄になって放り投げているわけではなく、娘の一番のお気に入りの遊び道具、それが洗濯ばさみなのだ。

と言っても、何かを挟むという高尚なことはせず、ただ、あちこちに移動させて遊んでいるだけだ。娘はなぜか洗濯ばさみを前にすると、もう歩けるのに突如ハイハイを始め、両手に洗濯ばさみを持ち、口にもくわえて、肘で体を支えながら這いずりまわる。何が楽しいのか、洗濯ばさみを見つけると一人でテンションを上げて、ひたすら運んで歓喜している。

娘はもっと小さいころから、おもちゃじゃないもののほうによっぽど興味を示した。生後半年を過ぎたころには、やたらと鼻に興味を持ちはじめ、どんなぬいぐるみでも鼻ばかりを触っていた。ぬいぐるみだけにとどまらず、夫や私の鼻をつまんでは喜んでいて、近所の人や親戚が抱っこしてくれると、「気を付けてくださいね」と言わずにはいられなかった。相手の人は、「大丈夫、落とさないわよー」と私が娘のことを心配していると思うようだけど、そうじゃない。娘が危害を加えないか恐れているのだ。抱かれながらも、娘はその人の鼻ばかりを見つめ、隙あらばつかもうとしている。「鼻をガードしておいてください」と言うのも妙なので、いつでも娘を止められるようにスタンバイしておかないといけなかった。

歩くことがうまくなってきた今は、やたらと掃除道具に興味を持ちだし、ほうきやモップなど、自分よりずっと背が高い物を持っては忙しそうに歩いている。どこもきれいになどなっていないのに、自慢気な顔をしてえらそうに歩いているのがなんともおかしい。

今ひそかに娘が狙っているのはトイレのブラシで、誰かがドアを開ける音が聞こえると、トイレにとんでいく。汚いから持たせないけれど、常に触ろうと必死だ。魅力的なブラシを使っているわけではないのに、持たせてもらえないからなおさらひかれるらしく、しょっちゅうトイレの前には娘が張りついていて、おちおち入れやしない。

そんなある日、友人にスマートフォンで撮った、ここ半年ほどの娘の動画を見せていた。歩いたり拍手したりする様子を披露していたのだけど、途中で友人が「え？　何、これ」とぞっとした声をあげた。

娘のあまりのわんぱくさにびっくりしたのだろうかと私ものぞきこんでみると、そこには、ひたすら「ねこ、にゃんにゃんにゃんにゃーん」と言いながら首を振っている夫の姿が映っていた。

少し前、娘は『じゃあじゃあびりびり』という物の音や動物の鳴き声が書かれている絵本がお気に入りで、夫に繰り返し読んでもらっていた。中でも、「ねこ　にゃん　にゃん　にゃん　にゃん」と書かれたページになると大爆笑で、夫が首を振りながら、大げさに「にゃんにゃんにゃーん」と言うと、体をよじって喜んでいた。あまりに娘が笑うので、夫がいない時にも見せられるように、「ねこ、にゃんにゃんにゃんにゃーん」と夫が言っている姿をスマートフォンで撮影しておいたのだ。

最初は撮られていることに照れながら、控えめに猫の鳴きまねをしていた夫が、次第に吹っ切れて、「にゃんにゃんにゃーん」と、ハイテンションで叫びだす。四十歳目前のおじさんが、ひたすら「にゃんにゃん」と言っている様子が三分近く流れるのだ。なんとエキセントリックな動画だろう。

そのころは毎日のように娘に見せていて、夫も仕事から帰るたび、「今日も見た？」とうれしそうに確認していた。しかし、ブームはあっけなく終わり、動画の存在すら忘れていた。改めて冷静に見てみると、「怖い」の一言に尽きる。

なんだかんだとよく笑う娘だけど、必ず泣くものもある。

『ゆかいな どうぶつ』という動物の鳴き声と軽快な音楽が、各ページ五秒ほど流れる絵本があるのだけど、ニワトリのページになると決まって泣くのだ。犬や猫が出てくる場面は楽しそうに見ているのに、ニワトリが出てくると、顔をしかめ唇を震わせしくしくと泣きだす。

「たくさんうまれてうれしいぞ」と、四十羽近くのヒヨコが卵から出てくる様子が描かれたピヨピヨという鳴き声が鳴るかわいいページなのにだ。自分が生まれてきた瞬間を思い出して感動しているのだろうか。それとも一人でもたいへんなのに、四十羽もの子育てなんてとニワトリを心配しているのだろうか。真相は不明だけど、泣くくせに娘はその絵本を読んでくれとたびたび持ってくる。

大人になると、泣ける本や映画をわざわざ読んだり観たりする。もしかしたら、一歳であっても、涙を流すのは心地よいことなのかもしれない。

まさか子どもが泣くことなど想定して作られていないだろうけど、『ゆかいな　どうぶつ』は娘が唯一センチメンタルになれる貴重な絵本だ。

やんちゃ娘、世にはばかる

どんな子どもに育ってほしいか。望みだしたらきりがないけど、こうあってほしいという確固たるものもない。

おおらかだったら人生をゆったり楽しめそうだし、几帳面にこつこつ積み上げることも有意義だ。まじめであることは大事だし、陽気で愉快でいることもすばらしい。いいところなんて本当にそれぞれで、どういう性分でもすてきな部分がある。中学校でたくさんの生徒を見てきたからか、つくづくそう思う。

ただ、小さいころは人見知りが激しく内気だった私と、のん気な夫の子どもだ。娘は、どうしたっておとなしくおっとりとした子になるだろう。それでも優しく穏やかに育ってくれたらいい。消極的で目立たなくても、誠実であればいいと夫と話していた。

ところが、どこでどうなったのか、一歳を過ぎた今、娘は控えめさなど一切持ち合わせない、とんでもなく活発なやんちゃ娘となっている。

最近、子育て支援センターという、子どもが遊べる施設へ行くようになった。おもちゃや遊具や絵本がたくさんあり、保育士の先生やアドバイザーの方が何人かいらっしゃる便利な場所で、同じ年頃の子どももたくさん集まっている。自分が子どものころにはなかった施設でなじみがないし、支援という名前がついているだけに、おおまかに子育てしている私と元気すぎる娘が訪れていいものかと思ったけれど、とても開放的なところで、みんな気楽に過ごしている。来ているのはほとんど一、二歳の子どもだから、まだ一緒に遊ぶということはないものの、子どもは子どもが大好きみたいで、お互い気にかけながら楽しそうにしている。

車で十分圏内に、そのような施設が三か所あるのだけど、どこへ行っても、娘は場所見知りも人見知りもすることなく、走り回っている。あっちのおもちゃで遊び、こっちの遊具をのぼり、先生たちにかまってもらっては笑っている。

男の子で同じように元気な子はいるけれど、女の子で娘ほど動き回っている子はそうそういない。

子どもというのはわんぱくなものだと思っていたけれど、外に出てみて、娘が群を抜いていることを思い知った。

ある時、先生に、

「宗教始めて、教祖になりはったで」

と言われたので、何かと見てみると、娘が、先生全員の手を引いて自分の前に連れてきて、ブルブルブルと唇を震わすのを自慢げに見せ、拍手を強要していた。

「この子、主導権とりたいタイプやな」

と言われ、

「そうですね……、私はおとなしかったんですけど、おかしいな」

と、我が娘なのに自分とは違うと言わずにはいられなかった。

ある時は、抱っこしてと催促してくる娘を抱き上げながらセンターの中を歩き、

「甘えん坊になっちゃいました」

と先生に言っていると、

「そんなかわいいもんちゃうわ。ワル子ちゃんやもん、高いところから見て、次は何したろうって考えてるんやで」

と言われる始末。

静かに絵本を読んだり、ままごとをしたりしている女の子を見ると、心底うらやまし

い。優しく穏やかに育つ予定だったのにいったいどうしたことだろう。やんちゃな笑みを浮かべつつ走っている娘を見ると、ため息が出そうにもなる。

ただ、外でほかの子どもたちと関わる中で、娘のよいところを一つ見つけた。それは、すぐに立ち直るということだ。

子どもなんて、痛くなくてもこけたら泣き、好きなおもちゃがなくても泣き、ぐずりだしたらなかなか収まらない。それは子どもなりの主張で、それでいいと思う。だけど、娘は擦り傷ぐらいなら十秒で復活するし、おもちゃを取られようともけろりとしている。

一歳半になる前、大きな男の子と娘がぶつかったことがあった。男の子が大泣きし、周りが慌てる中、娘は一瞬泣いてはいたものの、一人何事もなかったかのように立ち上がり、おもちゃへと向かって走っていった。

ブロックを投げつけられた時も同様。一生懸命謝ってくださっている相手のお母さんに、娘はかまってもらっていると思ったらしく、「ばあー」と応えてはしゃいでいた。

「めちゃくちゃ打たれ強いですね」

と相手のお母さんは驚いておられたけど、我が子ながらその鈍感さに感心した。

やんちゃで面倒をかける分、せめて周りに気を遣わせないように、鷹揚《おうよう》さを娘は身につけているのかもしれない。

子どもは常に変わっていく。いろんなことに影響を受けてどんどん成長していくのだから、ポリシーや教育方針を掲げても追いつかない。ただ、明日が楽しみになるような環境を作れたら。学校で働いていたころ、そんなことを考えていた。

この先、娘がおしとやかになんてなりそうもない。元気でたくましい女の子。それもいいとしよう。今日も娘は扉の前に立って、出かけようとはしゃいでいる。いつだって楽しい一日が、娘を待ってくれているはずだ。

おしゃれの道は遠い

私はまったくおしゃれじゃない。センスもないし、ずぼらだから脱ぎ着しやすく動きやすいのが一番と、いつもどうでもいい格好ばかりしている。

妊娠中も、子どもなんて自分が何を着ているかわからないしすぐに大きくなるのだからと、娘の服の準備もしていなかった。生まれてしばらくは、おくるみ代わりにバスタオルか毛布を巻いておけば十分だろうと、本気で考えていたぐらいだ。

ところが、いざ娘が生まれてくると、そんな考えはどこかに吹っ飛び、さっそくあれこれ着せてみたくなった。子どもというのは想像していた以上にいとおしいのだ。できることはもちろん、苦手なことや興味のないことまでしてあげたくなる。おしゃれに関心のない私でさえ、子ども服の店があればついついのぞいてしまうし、うっかり買ってしまうこともしょっちゅうだ。

しかし、おめかししても、我が娘はすぐに汚してしまう。ハイハイ真っ盛りのころは、激しく移動するものだからパンツの膝部分が擦れてたびたび破れていた。

娘が一歳になる少し前、母親と妹と一緒に近所で娘の服を買って帰ってきた時のことだ。

「まいこのパンツだって破れてるよ」

と母に指摘された。

そうなのだ。娘に目線を合わせているから膝をついていることが多く、私のパンツもよく膝が破れている。しかも、娘と一緒にいるせいか、少しぐらい擦り切れていても気にならず、近くならそのまま出かけてしまう。

「膝やし見えにくいから大丈夫やろ」

と答えると、妹に、

「膝だけじゃなくて、太もものところも破れてるで」

と言われた。

そんなところまで破れていたのかと慌てて脱いで見てみると、太ももはもちろん、おしりの縫い目までほどけていた。

なんてことだ。こんな格好で買い物に行ったのかとぞっとした。しかも洋服を買いに行っていたなんて。

「まずはあなたの服を買ったらどうでしょう」と店員さんは心の中で笑っていたはずだ。もしくは、「自分は破れたパンツを穿いてでも娘の服を買うなんて、けなげな母親だ」と同情してくれていたかもしれない。どちらにしても恥ずかしい。子育てに追われておしゃれが後回しになる人は多いだろうけど、破れまくったパンツで歩いている人は見かけない。これからは最低限身ぎれいにしようと誓ったのだった。

そういえば、前にも同じように、少しはおしゃれに気を遣おうと思ったことがあった。断乳するまで、私は授乳服代わりにユニクロのヒートテックを愛用していた。ヒートテックは伸縮性があって、引っ張れば襟ぐりが伸びて胸まで出せるし、授乳が終わればまたもとに戻ってくれる。着心地もいいし、すばらしいインナーなのだ。

娘が小さかったころはたびたび授乳しなくてはならず、脱ぎ着するのも面倒だったので、家ではヒートテック一枚で過ごしていた。何度も引っ張っているから伸びきっていたけれど、誰が見るわけでもない。外に出る時は、その上に服を着れば出来上がり。薄手で上に何を着ても邪魔にならない。本当に便利な一枚だ。

ある秋の休日、夫と娘と買い物に行くのに、商店街に向かって歩きながら、ずいぶん肌寒いな、もう少し着込めばよかったと自分の姿を見て驚いた。

なんとよれよれのヒートテック一枚で外にいたのだ。

「ちょっと、教えてよ！」

と夫に訴えると、夫は、

「え？　まいこ、いつもその格好してるから、気に入ってるんかなと思っててん」

と言うではないか。

ヒートテックは着心地はいいし、授乳にぴったりだ。でも、このスタイルが気に入って、おしゃれだと思ってしているわけじゃない。こんなよれよれに伸びきったインナーでうろうろしてる人なんて、おじいちゃんしかいない。いや、いまどきおじいちゃんのほうがよっぽどおしゃれだ。

夫にそんなふうに思われているなんて。せめて下着だけでなく服を着なくては、と反省したのであった。

私よりましではあるが、夫もおしゃれとは言えない。

娘が生まれて初めての父の日。半分冗談で、夫に娘の写真をでかでかとプリントしたTシャツをプレゼントした。包みを開けた瞬間に驚いてもらいたかっただけで、あとは部屋着にすればいいと思っていた。

それなのに、夫は平然と、そのTシャツを着て友人宅に遊びに行き、電車に乗って出かけたりもする。Tシャツには、写真だけでなく「パパは私たちの宝物」と、英語にしてはあるもののはたから見たらやや寒い言葉も入っている。破れた服で買い物に行ける私だけど、そんなTシャツはゴミ出しにだって着ていけない。

そんなおしゃれとは程遠い私たちが、「この色は似合う」だの「これは男の子に見えてしまう」だの言っては、娘の服を吟味している。娘が生まれて、今までなかった感性が引き出されたようだ。

とは言っても、当分、娘優先の日々が続くだろうから、それが自分たち自身に反映されるのはまだまだ先のことになりそうだ。

芸術の夏、到来

いつも近くの公園や子育て支援センターで走り回っている娘だけど、暑い夏が始まると外出もままならない。きっと娘は平気なのだろうけど、こちらは外に出るのもおっくうになってしまう。七月に入ると、娘も家遊びが主流となってきた。

動くのが大好きな娘を家で過ごさせるのは一苦労すると思いきや、普段外に出てばかりのせいか、家遊びが珍しいようで、案外楽しんでいる。ただ、走れば景色が変わる外とは違い、室内では何をしても十分もすれば飽きてしまう。次々と遊びを用意しないといけないから、こちらは忙しい。

以前は寝る前に読んでいた絵本も、朝から何十回と読むようになった。繰り返し読んでいると、娘が好きなものが何かよくわかる。今は動物が大好きで、動物が出てくるページを見ては鳴きまねをして喜んでいる。

それがおかしいことに、猫は「ニャンニャン」、犬は「ワンワン」、ゾウは「パオーン」なのに、なぜかライオンは「ガオー」とは言わず、リアルに喉の奥を「ゴー」と鳴らしてまねをするのだ。

最初は鳴きまねをしているとは気づかず、絵本を読んでいる途中に便意をもよおしてきばっていると思っていた。だけど、いつもライオンが出てくると、低い音を立ててうなりだすので、どうやらこれは鳴きまねらしいと判明したのだ。どうしてライオンだけ忠実に再現しようとしているのかはなぞだけど、娘はいつも苦しそうに顔をゆがめながらも、ライオンの絵を見るとうなっている。

絵本と同じように夢中になっているのがお絵かきで、朝ごはんをすませるとすぐさま絵を描きたがる。まだぐちゃぐちゃの線や円しか描けないのに、自分では芸術作品を描いているつもりなのか、毎回、スケッチブックをめくって今まで描いた絵をしげしげと眺めてから、描きはじめる。

いたずら娘なので、持たせているのは水で落ちるクレヨンだ。これが便利な筆記具で、床についても机についても水拭きすれば簡単に消える。どれだけ「紙に描くように」と言っても、少し目を離したら床の上に描こうとするから、このクレヨンは必需品だ。

そんなある日、娘とショッピングセンターで買い物をした時、粗品で五色入りの油性ペンをもらった。きれいな色がよっぽど魅力的だったのだろう。娘は引き出しの奥に隠しておいたのを見つけ出し、使わせろと訴えてきた。

油性ペンを握りしめ、「これで描きたいんだ」らしきことを「あうあう、ばー」と必死で言ってくる。その熱意に根負けし、もしかしたら美術にただならぬ情熱があるのかもしれないと親ばかな発想を展開し、そばで見てればいいだろうと、油性ペンを渡してやることにした。

娘は大喜びで、さっそくスケッチブックに描きはじめた。クレヨンと違って、油性ペンは滑りがよくすいすいと描けるし、はっきりとした濃い色が出る。それが気持ちいいのだろう。上機嫌でいろんな色を使い、円や線を何度も描いていた。

ひやひやしながら見守っていたのだが、娘はスケッチブックにしか描こうとしない。あまりに集中しているから、今のうちにとちょこちょこと用事をしてはのぞいてみるのだけど、床や壁には見向きもせず、紙からはみ出さないようにきちんと座ってお絵かきをしていた。

その日以来、なぜか油性ペンを使っている時だけは、あちこちに落書きせずスケッチブックに描いている。まさか一歳の娘が「クレヨンは拭けばいいけど、油性ペンは取れないから気をつけないと」などと配慮するわけがない。きっと「絶対に床に描かれてなるものか」という、こっちの本気度が伝わったのだ。

以前、支援センターの先生が、「子ども用の安全なはさみや包丁のほうが意外と怪我《けが》をするのよ」と言っていた。本当に切れるもののほうが、子どもも大人も注意するから怪我をしにくいそうだ。

クレヨンで描いている時だって、「床に描いちゃだめだ」と言っているのだけど、どこかで拭けば大丈夫という余裕が出ているのだろう。中学校で働いていた時にも思い知らされていたけれど、子どもは小さくたって大人の顔色を読み取るのが本当にうまい。

粘土は手にくっつく感触が気持ち悪いのかまったく食いつかず、パズルはピースをあちこちに移動させて終わり。おもちゃのラッパは私や夫に吹かせてばかりで、口をつけようともしない。遊びのレパートリーに困りだした八月、小さなビニールプールを購入し、ベランダに置いて遊ぶことにした。

十センチほど溜《た》めた水をばしゃばしゃとはねさせているだけなのだけど、水に入ると疲れるのか、水遊びするとよく昼寝をする。娘は楽しそうだし、寝てくれると用事もできる。便利な遊びだと、昼前にプールに入るのが日課となった。

ところがだ。一週間ほどすると、娘は裸になると、プールではなく風呂場へと向かうようになった。いつも水遊びの後にシャワーを浴びていたのだけど、それも遊びの一つだと思ったのか、風呂場でシャワーを引っ張りはしゃいでいる。浴槽にお湯を溜めてやると、中に入ってプールと同じように遊びはじめた。外みたいに日が照りつけることもないし、浴槽のほうがプールより広い。そのうえ、お湯も出せるから体も冷えなくていい。それに気づいたのか、すっかり風呂場で遊ぶようになった。せっかく買ったプールがもったいないけれど、そのほうが準備も片付けも楽だ。プール遊びは十日ほどで終了となり、今度は昼前の入浴が日課となった。

試行錯誤を繰り返した家遊びの夏も終わろうとしている。少し涼しくなって、久しぶりに公園に行くと、娘は私のことなどほうって一人で走り回っている。開放的でこっちもほっと一息つける。だけど、ゆっくりべったり過ごす家遊びだからこその発見もたくさんあった。普段は荒っぽい娘が、積み木をする時には突如慎重になり、「そそそそー(そっと)」とつぶやきながら時間をかけて一つ一つ積み上げる。ままごとでは、ぬいぐるみたちにお茶を飲ませごはんを食べさせ、奔放な娘が世話好きな様子を見せる。外でも室内でも、どこでだって子どもは思う存分自分を発揮している。

怒濤の注射ラッシュ

生後二ヶ月から始まり、ついこの間まで追われていたのが予防接種だ。一歳七ヶ月にして、すでに二十本以上を接種している。これが、期限があったり、間をあけて受けないといけない種類のものがあったりとややこしく、市からもらったスケジュール表とガイドブックを真剣に読まないと、受けそびれてしまいそうになる。

ガイドブックには注射を受けないと重い病気になる可能性があると説明があり、病院で接種前に書く同意書には、注射後まれに副作用が出ることもあるが承知するかと記されている。最初はどっちにしろ怖いじゃないかと、予防接種を受けるたびに、大丈夫だろうかとびくびくしていた。

初めて娘が予防接種を受けたのは、生まれて二ヶ月を迎えた日の翌週だ。まだまだ小さい体に注射を打つなんてかわいそうだと思っていたら、初回にして三本も打つことになった。何回も病院に行くのも子どもが嫌がるし、さっさと進めないと次の注射が迫ってくる。乳児の予防接種は、同時にいくつか受けるのが主流のようだ。

予防接種の日は、ほかの診察とは別に設けられていて、注射を受ける子どもばかりだから病院の中は泣き声が響き渡っている。まだ何もわからない娘もただならぬ雰囲気に圧倒され、診察室前で裸にしたとたんに大泣きしていた。

どうやってこんなに小さな、しかも泣きじゃくっている赤ちゃんに注射するのだろうと思っていたら、それが瞬く間で、「お母さんはしっかり抱いていてください」と言われ抱きかかえている間に、右腕に二本、左腕に一本をあっさりと打たれた。驚くくらいの素早さで、しかも思いっきりブスッと針を刺される。見ているだけで「うわ」と声が出てしまった。

娘はトラウマになったのか、予防接種後何日間かは服を脱がすだけでぎゃあぎゃあ泣いて、着替えをさせたり、お風呂に入れたりするのも手間取った。

それから一ヶ月後には五種類のワクチンを接種し、そのまた翌月に三本の注射を打ち、その三週間後にはBCGの集団接種を受け、と生まれて半年間は立て続けに予防接種を受けていた気がする。しだいに回数は減っては来たけれど、たいへんだったのが、一歳になったと同時に受けた、麻疹《ましん》・風疹の予防接種だ。

麻疹・風疹の予防接種のワクチンには卵の成分が入っているらしく、卵アレルギーのある娘は、受けられるか確認するために、最初にアレルギー反応を調べる注射を打たれた。その注射で号泣していたのだけど、反応が出るまで三十分ほど、診察室奥のカーテンで仕切られたベッドで待たされることになった。

何もすることもなく、次々注射を受けて泣く子どもたちの声を聞きながら、ぐずっている娘と待っていると、のぞきに来た看護師さんに、「子どもさんが泣いていても、終わったら外に出てくださいね」と声をかけられた。

予防接種の時は病院も大混雑で、たくさんの看護師さんがバタバタと働いている。アレルギー検査の注射をしたと知らない看護師さんには、たかが予防接種で子どもを病院のベッドに寝かせようとしている過保護の母親だと思われたようだ。何人かの看護師さんに「ここで寝かせないでください」と注意をされ、「そうじゃないんです」とその都度説明をしながら肩身の狭い思いをして待っていた。

そして、いざ、本番。アレルギー反応を調べる注射の結果、予防接種を受けても大丈夫だと診断されたのだけど、一度注射を打っているうえに、ほかの子どもたちの泣き声を間近で延々と聞かされたことで、娘の恐怖心は最高潮に達していて、その泣き声ときたらとんでもなかった。

先生が説明してくださっている話も、看護師さんの声もまったく聞こえないまま、汗だくになりながら娘を押さえつけている間に、注射は終了となった。

大きくなるにつれて、予防接種を受けさせるのもたいへんになってくる。小さいころは号泣して大暴れしていたって、なんとか押さえられた。それが成長するとともに力も強くなり、こっちも全力を振り絞らないとじっとさせることができない。しかも、知恵がついてきて、病院に近づくだけで泣き叫ぶし、体温計を見ると逃げ惑うといった具合で、ほとほと手を焼いている。

つい二ヶ月ほど前にも、四種混合とヒブと小児用肺炎球菌の三種類の予防接種を受けたのだけど、娘は「バイバイ」とあいさつすれば、帰れると思っているのか、病院にいる人みんなに泣き叫びながら「バイバイ」と手を振りまくっていた。

次は三歳まで予防接種はお休み。だけど、三歳になって、いろいろわかるようになり、さらにパワフルになっているはずの娘をどうやって病院に連れて行こうかと、今から思いやられる。

アイドル登場

私が小学生時代にあこがれていたアイドルと言えばチェッカーズで、テレビに出ている姿を見てはキャーキャー言っていた。中高生のころは母親の影響で財津和夫《ざいつかずお》さんのファンになり、大人になってからチューリップの復活コンサートまで行った。

中学校で働いている時は、熱狂的に好きな芸能人はいなかったけど、生徒に「結婚しないの？」「いつ彼氏できるん？」と訊かれるたび、面倒なので「実は福山雅治《ふくやままさはる》と付き合ってるんだけど、彼が忙しくてなかなか会えなくて……」と大ぼらを吹いていた。

福山雅治は誰が見てもかっこいいうえに、明らかにうそだとわかる人物だと選んだのに、ある日、生徒に「先生は、福山雅治と付き合っていると言うけれど、本当かどうかわからなくて混乱する」と怒られ、中学生は想像以上に純粋なのだと驚いたことがあった。

夫は芸能人の名前をあまり知らなくて、以前、「もし、私のこと、誰に似てるか訊かれたらなんて答える？」と尋ねたら、誰一人として思いつかなかった。私みたいなとぼけた顔の人が芸能界にいるわけはないのだけど、夫はその晩、インターネットでひたすら「顔の薄い　有名人」と調べていた。


さて、そんな私たちと娘の今のアイドルと言えば、ワンワンだ。

ワンワンは、ＮＨＫ・Ｅテレ『いないいないばあっ！』に出てくる犬のキャラクターで、周りの子どもたちにも絶大な人気を誇っている。

最初、テレビで見た時は、でかくてもっさりしたキャラクターだな、子どもはなぜこんなのが好きなのかと疑問だった。ところが、娘はすぐに気に入って、毎日「ワンワン」と画面に向かって親しげに呼びかけているし、隣で見ているうちに、私までなんだかいとおしくなってきたのだ。

ワンワンは、ひょうきんな動きと優しいしゃべり口調で子どもたちを楽しませるだけでなく、「お洗濯たいへんよねー。わかるわー」なんて言ったり、アロエや大麦若葉を入れたジュースを作りだしたりと、母親世代に向けた言動もちょくちょく入れてくる。それがおもしろくて、私も毎朝娘と並んで『いないいないばあっ！』を見ている。

先日、そのワンワンが近所のイトーヨーカドーにやってくることになった。ワンワンが間近で見られるなんて娘が大喜びするに違いないと、夫と娘とはりきってイベント開始三十分前に会場に到着して驚いた。だだっ広いスペースに、すでにぎっしりとたくさんの家族連れが座っているのだ。ずいぶん早くからスタンバイしておられたのだろう、ビニールシートを敷いている人もたくさんいる。この辺りではあまり出くわさない人ごみに圧倒されながら、係員に誘導され、なんとか後ろのほうに座ることができた。だけど、子どもにしてみたら、三十分も動けずにじっと人ごみの中にいるなんてたいへんだ。あちこちでぐずる声が聞こえているし、娘も動きたくてうずうずしていた。

そんなこんなで、イベントがスタートするころには、眠っている子や泣いている子も多く、いざワンワンが登場となっても、歓声があがるというより、きょとんとしている子がほとんどだった。我が子もいつも見ているワンワンだとわかっていないのか、舞台のほうを不思議そうな顔でぼんやり眺めるだけだった。

「やっぱり、まだ一、二歳の子どもにはキャラクターショーは早いんだな」と思っていたら、さすがにワンワンはみんなを乗せるのが上手で、ワンワンがいろんな声をかけていくうちに、疲れ切っていた子どもたちも笑いはじめ、五分も経つころにはみんなおなじみの歌や踊りに合わせて、所狭しと体を動かしていた。娘も遅ればせながらワンワンがいると気づいたようで、途中からは小さい体を伸ばして必死で舞台を見ていた。ようやく楽しんでくれた。連れてきてよかったとほっとしたものの、それからは、ステージに向かって走っていこうとする娘を押さえつけるのに一苦労だった。

歌って簡単な体操をして、二十分も経たないうちにイベントは終了となり、ワンワンは手を振りながら舞台裏へと消えてしまった。子どもの集中できる時間なんてそんなものだから、待ち時間のほうが長かったけれどしかたがない。娘もご機嫌に踊っていたし、毎日見ているワンワンが目の前にいて、いつも聴いている歌が聴けただけで、十分だ。

「さあ、行こう」と横を見てぎょっとした。

なんと、夫が涙ぐんでいるのだ。目の前で繰り広げられたのは、ただただ愉快なショーで、感動ものの壮大な舞台でもなければ、かわいそうな場面も一切出てこなかった。しかも、夫はごくたまに録画した『いないいないばあっ!』を見ているだけなのに、いったい何に涙腺を刺激されたのだろう。

「どうしたの!?」と驚くと、

「なんかよく知ってる人が来て、去っていくとしんみりするわ。聴いたことがある歌が流れるだけで感動するんやなあ」と目を真っ赤にしていた。

セットはてきぱき片づけられているし、娘はワンワンのことなど忘れて、もうほかの場所へと走りだそうとしている。たぶん、この会場で感動の涙を浮かべていたのは、夫だけだろう。

涙もろい夫を笑いながら、ついでに買い物をして帰ろうと鞄《かばん》を開けて、思わず「うわ」と叫んでしまった。財布が入っていないのだ。中に入っているのは、娘の水筒だけ。ワンワン見たさに、私もすっかり舞い上がっていたようだ。結局何も買えず、慌てて帰る羽目になった。


なんとも慌ただしい一日だったけど、子どもが生まれてから、コンサートはおろか、映画にだって行けてやしない。娘のためと言いながら、ワンワンのキャラクターショーは私や夫にとっても久しぶりのわくわくするイベントだったようだ。

ごちゃごちゃするから置きたくないと言っていたキャラクターグッズなのに、今、家にはワンワンの大きなぬいぐるみに歯ブラシにタオルまである。娘がもう少し大きくなるまで、ワンワンは我が家みんなのアイドルだ。

その手は何を指すのだろう

夏の終わり、一歳七ヶ月健診を受けた。今までも三度健診があったのだけど、それらは身体測定や簡単な内科健診ぐらいですんなりと終わった。ところが、今回は終わるまでひやひやしていた。それは、問診票に書かれたある質問のせいだ。

健診一ヶ月前、一歳七ヶ月健診のお知らせと問診票が送られてきた。健診まで日があるのにずいぶん早くに渡されるんだなと思いつつ、はりきって記入しはじめた。

「積み木を積み上げられるか」、「おもちゃの車で正しく遊べるか」、「なぐり書きはできるか」などと、結構難しい質問が並ぶ。積み木は好きだけど、ミニカーはめったに手に取らないから、正しく遊んでいるのかと訊かれれば不明だ。放り投げたり踏みつけたりはしないから「はい」でいいかなどと適当にマルを付けながら、ふと手が止まった。

「絵を見せて△△はどれかと聞くと、そのものを指さしますか」

という質問があり、その次の欄には、「この年代の多くの子どもにとって指さしが重要だということを知っていますか」と書かれているのだ。

なんて威圧感のある問いだろう。重要だと知っているかなんて訊かれると、「すみません。わかりません」と萎縮《いしゅく》してしまう。

こんな仰々しい質問があるということは、指さしはそうとう大事なのだ。当日も絵を見せられて正しいものを指せるかという検査があるらしいけど、できなかったらどうなるのだろう。それからは健診のことが気になって、子育て支援センターでも、お母さんたちにあれこれ訊いてばかりいた。

ある人は、車や動物の絵を見せられどれかと訊かれるんだけど、その絵ときたら古めかしい昔の絵で、今の子は戸惑ってしまう。でも、間違って指すと要観察となり二歳を過ぎたころに様子をうかがう電話がかかってくると言う。

別の人は、指す時は指一本じゃないとだめで、指が二本や三本になってしまうとチェックされると言う。

またほかの人は、検査を恐れて行かない人も多いし、家では指さししてますと言い張る人も多いんだってと言う。

なんと恐ろしい検査なのだろう。古臭い絵で子どもを困惑させるくせに厳密で、逃げ出したりごまかしたりせずにいられないのだ。

我が子の場合、間違うも何も指をさすということをしない。こんなことで検査を受けられるだろうか。

「お母さんが気づいてないだけで、外では夕焼け空や遠くの鳥を指したりしてるよ。子どもは感動したものを伝えたいからね」

と支援センターの先生に言われたけれど、娘は外ではひたすら走っているだけだ。親が見本となるのが大事だと教えられ、それからは、絵本を読むたび、外で何かを見かけるたびに、「猫だ」「空だ」「木だ」と人差し指をピンと伸ばして指していたのだけど、娘は何も指そうとしないまま、一ヶ月あまりが過ぎてしまった。

「こんなんでは健診にひっかかるわ」

と前日に嘆いていると、

「指さしぐらいで？」

と夫が驚いた。

「知らないの？　指さしは多くの子どもにとって重要なんだよ」

と問診票の言葉を借りて偉そうに言うと、

「えー、でも、かわいいし、元気やからええんちゃう」

と夫は平然と言ってのけた。

かわいさを見る健診ではないし、そもそも誰だって我が子はかわいい。かわいければOKなら、全員問題なしだ。だけど、けろりとそう言ってのける夫を見てはたと思った。指さしは重要なことだろうけど、健診にひっかかることはさして深刻なことではない。中学生だってそうだった。少々ずれたり、後れを取ったり、遠回りしたり失敗したり。中学校という場で格闘しながらも、みんなもれなくちゃんと次の場所へと進んでいったではないか。


さて、健診当日。

最初に歯科健診があり、診察台に寝かされた瞬間、娘は大号泣。見たこともない設備に囲まれ、看護師さんに押さえつけられ、マスクをしたおじさんに口をこじ開けられるのだから無理もないとは言え、火が付いたように泣き叫び逃れようと暴れるから大騒動だった。

「お母さんもお願いします」と言われ、みんな総出で押さえつけて、やっと歯科健診は終了。次が指さしを見る発達検査だったのだけど、娘は泣き叫んだままで何もできそうもなく最後にやることとなり、先にほかの検査へと回された。

健診項目は、身体測定に内科健診に、栄養指導や歯磨き指導まであり、そのたびに百人近く子どもがいるから延々と待たされ、最後に再度発達検査という時には娘はぐっすり眠ってしまっていた。

なんとか起こそうとすると、保健師さんに「疲れたんやわ。検査はいいし、寝かしてあげて」と言われた。

検査はいいって、あのうわさの指さしをしなくていいわけがない。何かの手違いででき、ると判断されてしまったのなら、厄介だ。

「あの、この子、指さししないんです」

私が正直に伝えると、

「ちょっと遅いけど、個人差もあるから、二歳になったらそのうちしますよ」

と保健師さんはあっさりと言い、私が腑《ふ》に落ちない顔をしていたからか、

「お母さん、娘さんのことで気になることや困っていることでもありますか？」

と訊いてきた。

問診票に書かれていた「多くの子どもにとって重要な指さし」が気になっていただけで、この場で相談するほど、困っていることはない。「特には」と答えて、一歳七ヶ月

健診は終了となった。だいたいのことは思っていたより簡単にいくとは言え、想像を覆《くつがえ》す検査のたやすさに拍子抜けしてしまった。

健診が終わってしばらくすると、これでもかというほど、娘は指をさすようになった。しかし、残念ながら、美しい夕焼けや羽ばたく鳥を指したりはしない。娘が指さしを発揮するのはだいたいスーパーで、人参にトマトに魚。知っている食べ物を見つけては、「ジンジン！」「トアト」「サーナ！」と叫びながら指している。

母親に知らせたいものが食材とは、なんとも現実的だけど、懸命に居場所を告げられると、ありふれた食材たちが少し存在感を増す。娘と一緒だと毎日の買い物もやっぱり楽しい。

新しい世界へようこそ

今住んでいる地域には私立幼稚園が多く、園庭開放や体験教室など未就園児に向けたイベントが各々で催されている。少し前の休日、近くの幼稚園でふれあい遊び体験があったので、家族で参加することにした。

そこは伝統ある幼稚園で、遠方から通われている方も多い。お嬢様やお坊ちゃまが多いそうだから我が娘には不似合いだろうけど、在園児と一緒に遊べるなんて良い機会だと参加することにしたのだ。

ところが、幼稚園の門をくぐり、目を見張った。みんなおしゃれすぎるのだ。セレブというのはこういう方たちのことをいうのかと思わされるほど、お母さんたちはもれなく美人で優雅な空気をまとっている。ついでに、持っている鞄や靴はシャネルやグッチなど私でも知っている有名ブランドのものが大半で、こんなに高級品が並ぶ様子を見たことがない私たち夫婦はどぎまぎしてしまった。そんな中、私ときたら、スニーカーにアウトドア用のがっつりしたナイロンのバッグで、明らかに浮いている。いや、これが正しい格好のはずなのだ。

案内のハガキには、「工作と外遊びの体験になります。お子様も保護者の方も汚れてもいい動きやすい格好でお越しください」と書いてあった。こんなことならハガキに、「お越しの際には、グッチ、シャネル、もしくはそれ相当の鞄と靴でお越しください」と書くべきだ。いや、もしかしたら、私が知らないだけで、グッチやシャネルは今やアウトドアブランドとなり、安価で展開されているのだろうか。

最初は不釣り合いな場に躊躇《ちゆうちよ》していた私だけど、いざ体験が始まると、たくさんのちびっこを前に気分は弾んだ。五歳前後の園児たちが娘や私と一緒に遊んでくれるのだけど、それくらいの子どもたちは会話が成り立つうえに、子どもなりの言葉や感覚を持っているから話していて楽しい。幼稚園でも中学校でも、子どもが集まる場はやっぱりいいなと、あちこちの子どもに声をかけては嬉々《きき》としていた。

体験自体は案内に偽りなく、紙や布でおもちゃのケーキを作り、外でボール遊びや砂遊びをするというもので、娘も大はしゃぎで走り回って喜んでいた。

さて、体験後。軟派な私は、「私だって一つくらい、いいバッグがほしい」と夫に訴えた。たくさんの高級バッグを見た純粋な夫も、「そういうものなんやな」とすんなり納得し、さっそく百貨店に出向くことになった。

入店することにしたのはグッチ。高級な店構えに緊張しながらも、私たちは結婚指輪をカルティエで購入した時のことを思い出して笑った。

カルティエの商品は想像を絶するくらい高いものだと思い込んでいた私たちは、見るだけ見てみようと好奇心だけで店に入ったのだけど、意外なことに十万円前後の指輪も並んでいた。それを見た夫が、思わず「こんな安いの？　めっちゃお手頃やん！」と叫び、周りからは怪訝《けげん》な視線を送られ、あまりに優雅な発言に店員さんにあれこれ勧められる羽目になったのだ。車が買えるぐらいするものだと踏んでいたから安く感じただけの私たちは、「シンプルなのがいいんです」などと言い訳しながら、店の中でももっとも安い指輪を買うことになった。

グッチで鞄をいくつか見せてもらったのだけど、いいなと思うデザインのものは、開け閉めの際、金具を留め具に通さないといけないややこしいものが多く、不器用な私が持つには困難なものばかりだった。こんな鞄では、レジに並ぶずいぶん前から開けて財布を出す準備をしておかないと、せっかちな関西のおばちゃんに怒られてしまう。

「すぐさま物が出し入れできる鞄がいいんですけど」と出してもらったものは、グッチのロゴがでかでかと入っているものがほとんど。こんなのを私が持っていたら、「あの人、ダサいのにバッグだけがんばってはるわ」と笑われてしまいそうだ。

「できれば、グッチってわからないものがいいんですけど」

と、店員さんを困らせるだけ困らせて、結局、何も買わずに帰ることとなった。

体験で会った人たちは優雅にふるまっていたけれど、こんな開け閉めが難しいバッグを持っていたのだ。そういう手間を惜しまない人こそが、セレブになれるのかもしれない。粗雑な私は、到底無理だ。でも、かけ離れたところにいる人たちというわけでもない。


幼稚園での体験の時、どこかで見たことがある人に出くわした。こんなきれいな人とどこで会ったんだろうと考えても、誰なのかなかなか思い出せない。相手の方も同じようにこっちを気にしているから、やっぱり会ったことがある人なのだ。いったい誰だと考えていて、帰る間際に思い出した。

一年ほど前だ。百貨店で四国の有名な大福が売り出されるというので、私はまだ一歳になっていない娘をベビーカーに乗せて、販売開始前に向かった。同じようにベビーカ

ーを押した人がちょうど前に並んでいて、

「絶対食べたいですよねー」

「先着百人って、買えるかなー」

と話しながら待っていたら、整理券が私の前、その人までで なくなってしまったのだ。

「気にしないでください」と言って、私はベビーカーを押し、ほかのものを買おうと売り場をまわっていた。するとしばらくしてその人が、

「ねえ！　前のほうに並んでた人が整理券余分にとってたみたいで、一枚余ったのもらったよ！」と大きな声で、私を呼んでくれた。その時の人だ。

「大福買った時の！」

「そうだ！　どこかで見たと思ってたら」

私たちは二人して思い出して、「すっきりしたー」と言い合い、

「あの時の子どもがこんなに大きくなったんだね」

とお互いの子どもも交えて、会話を弾ませた。

子どもができて、今まで知らなかった世界に入っていくことも多くなった。自分ではなく娘が主役だから、縁遠いと敬遠していた場所にも苦手だと思っていた活動にも、す

んなり踏み込めたりする。行ってみて気づくのは、全然別世界なんかじゃないということ。いろんなものに触れさせてあげたいと意気込んで娘を連れ出しているようで、新しいものを見せられているのは私のほうかもしれない。

バイバイはいつしか拍手に

なんと一歳十一ヶ月にして、娘を幼稚園に入園させることにした。といっても、プレクラスといって、一歳半から三歳の小さな子どもたちが週何度か通うものだ。

夏の終わりごろから、娘は昼寝もしなくなり、遊びもハードでそこらじゅう走り回って目を離せなくなってきた。これではまったく仕事ができない。がっつり保育園に行かせるほどではないけれど、週何時間か預かってくれるところがあればいいのにと考えていたところ、ぴたりと合う幼稚園があり、二学期の途中から通園させることにしたのだ。

登園初日。本当は「幼稚園に行くんだよ」と言い聞かせるのがいいのだろうけど、そんなことをしたら泣きだして登園がままならないかもしれない。子どもを幼稚園に通わせてしばらく朝は泣き通しだったという友達の話も聞いていたから、私は素知らぬ顔で普段どおりに朝の準備を始めた。もともとさっさとごはんを食べ朝から走り回っている娘だから、いつもの段取りで準備は完了。勘づくかなとひやひやした幼稚園の体操服への着替えも娘は不思議な顔をしただけでなんなく終わり、いざ出発となった。

バス通園なのでバス停まで歩いていくのだけど、娘は朝から外へ出られる喜びでバス停でもはしゃいでいた。これから幼稚園に行くとも知らずご機嫌でいる様子を見ていると、だましているかのようで、さすがに胸が痛んだ。

娘と遊びながら待っていると、バスがやってきた。いよいよだ。がんばってねと願いを込めて抱きかかえると、ようやく何かあると気づいた娘が、けたたましく泣きだした。このままではどこかに連れて行かれる。なんとか逃れなくてはと、体中よじらせ叫んでいる。こんなに暴れている子どもをバスに乗せられるのだろうかと心配している間に、先生は手際よく娘を私から受け取ると、「じゃあ、行ってきまーす」とがっしりと抱きかかえ、そのままバスはあっけなく去って行ってしまった。

バスを見送り家に帰ってからは、「体が小さい娘だから、バスでころころ転がって頭を打って倒れているんじゃないだろうか」とか、「幼稚園に着いたものの、逃亡していなくなっているかもしれない」とか考えてばかりで、「すぐに園まで来てください！」と電話があるだろうと、何をするにも落ち着かなかった。しかしながら、一向に連絡はなく、やきもきしている間に娘が帰ってくる時間となった。

帰ってきた娘は、目をはらし声をからし、憔悴《しょうすい》しきっていた。先生からの連絡ノートにも、「ほとんど泣いてばかりいて、昼ごはんも食べられませんでした」とある。やっぱり一日泣いていたのだ。まだ幼稚園に入れるのは早かったのだろうか。とよくよく読んでみると、「外で遊んでいる時は元気でした」「おやつとジュースは食べています」と書かれているではないか。泣いて過ごしながらも、初日から好きなことだけはちゃっかりと参加しているなんて、と少しだけ安心させられた。

二日目からは、登園させるのがもっと困難になった。着替えさせたら、幼稚園に行かなくてはいけないとわかって逃げ惑い、靴を履かせようものなら、家じゅう泣きながら走り回る。寝ていれば幼稚園に行かなくてすむと思っているらしく、普段は夜寝るのも嫌がるくせに、朝から「ねんねー、ねんねー」と何度も寝室に逃げ込む始末。それを無理やり着替えさせ、がっちり抱っこしたままバスを待ち、先生に泣き叫んだままの娘を預けるというのが朝の定例となった。

さらに夜中も大騒動で、娘は嫌なことがあると、「バイバーイ」と手を振りながら泣くのだけど、幼稚園に行きはじめてからというもの、眠りながらも「バイバーイ」と叫ぶようになった。悲痛な寝顔を見ていると、「陽気で外や人が好きな娘は幼稚園に向いている」と勝手に考えていたけれど、間違いだったのだろうかと思わずにはいられなかった。

しかし、幼稚園から帰ってくる姿は、日に日にたくましくなっていった。帰宅すると、娘はまだ満足に言葉を話せないながらもご機嫌にしゃべり、歌ったり踊ったり絵を描いたりと、次々と忙しくいろんなことを披露するのだ。そして、何かをしては誇らしげな顔をこちらに向ける。朝送り出すのは苦労するけど、帰ってきた時の顔を見るのは楽しみでしかたなかった。

朝は相変わらず号泣する娘だけど、通いだして七日目には、先生から「にこにこしながら踊りや歌にも参加するようになりました。給食もよく食べます」と連絡ノートに書いてもらえるようになった。そして、一ヶ月が経つころには、娘はすたすたとバス停まで歩いていき、すました顔でこちらに手を振ってバスに乗り込むようになった。本当に子どもの順応性には驚かされる。

十二月中旬。二学期も終了となり、個人懇談があった。そこで先生に、

「今ではすっかり慣れて、やんちゃな面も出てきましたよ」

と言われた。配膳前の給食のご飯をのぞいたり、先生の机の上の物を触ったりすることがあると言うのだ。

娘は毎日通っているわけではないから、まだ十数回しか登園していない。しかも、最

初のほうはひたすら泣いていただけだ。それなのに、もうやんちゃな面を発揮しているだなんて。先が恐ろしい。

だけど、「本当に乱暴者ですみません。何かしたらすぐに教えてください」と頭を下げつつも、さすがだな、やっぱり娘は幼稚園に向いていたんだとどこかほっとした。


私は子どものころ、学校が苦手だった。人見知りが激しかったせいか、教室では必要以上におとなしく、行事のたびに警報が出て中止にならないかと願っているような子どもだった。けれど、教師になって、学校は本当にすばらしい場所だと気づかされた。同じクラスにいるというだけで、クラスメートに手を差し伸べる姿、なんとか自分を、クラスを、良い方向に向かわせようと必死になっている姿。中学校でそれを何度も何度も見てきた。そして、いつだって中学生は輝いていた。もちろん、学校がすべてではないし、休んだって逃げたっていいとも思う。でも、同じ年代の子どもたちが同じ場所にいることでしか、得られないことがある。

きっと、幼稚園だって小学校だって、同じようなことがあるはずだ。娘には、学校を、同じ年代の仲間と共にいられることを、楽しいと感じられるようになってほしい。

幼稚園にすっかり慣れた娘は、夜中に「バイバーイ」とは言わなくなった。その代わり、しょっちゅう寝ながら拍手をしている。幼稚園で拍手をする機会が多いそうなのだけど、真夜中に突然パチパチと手を叩かれるのは少々怖い。でも、寝ている時も楽しんでいるのだ。何度も起こされるのは厄介だけど、夜中までうれしそうな娘の顔を見られるのは幸せなことだ。

保護者一年生

幼稚園に入園して二ヶ月。娘が元気よく通っているのと同時に、ひそかに私もはりきっていることがある。それは、「保護者」になったということだ。

教師だったころの私は、出会う人々に恵まれていた。生徒に同僚に保護者。どの年もれなく、時々失敗しながらも進もうとするきらきらした生徒たちや、つらい時も笑い合い支え合いながら働ける同僚たちと共にいることができた。

だけど、そもそも中学生はすてきなものだし、そんな中学生を前にして、職員が力を合わせるのも当然だ。中でも私が幸運だったのは、良い保護者の方々に恵まれたことだ。

特に印象に残っているのは、正教員となって初めて担任を持ったクラスの保護者の方々だ。初任者だと知ってか、保護者の方たちは何かと心を配ってくださり、「先生、困ったことあったら、なんでもうちの子にふったらええで」と言ってくれ、行事や授業参観などには忙しい合間を縫ってこぞって参加をしてくださった。

中学生だから問題が起こることもある。そんなときも、「うちではこうしてみるわ。先生、迷惑かけるけど頼むで」とおおらかに真摯に受けとめてくださった。自分の子どものことだけではない。ほかの子どものことも同じように気にかけてくださる方も多く、「～ちゃん、がんばってたよ」などと学校外の活動を報告してくださることもあった。ＰＴＡ役員の選出は難航するのがつきものだけど、そんなときにも「立候補で決めよう」と自ら名乗り出てくださり、卒業式には保護者の方が一人一輪ずつ作った花でできた花束をくださった。

大人だから、中学生みたいに簡単には団結できないはずだ。それなのに、みんなで何かをしようとしてくださる方々だった。自分の子どもを一生懸命に愛し、同じように自分のクラスを大切にする。どの人も、そんな思いにあふれていた。私もそういう保護者になりたい。結婚もしないうちからずっとそう思っていた。

そして、ついにその「保護者」という立場に自分もなった。ついでに、娘の担任のＵ先生は今年度から働くことになった初任者だというではないか。それを聞いたとたん、私は一人でがぜんやる気に満ちあふれた。

U先生は、アイドルグループから抜け出てきたような可憐《かれん》でかわいい先生で、

「困ったら、なんでもうちの娘にふったらいいよ」

とすぐさま言いたくなった。しかし、残念ながら、娘は自分でトイレにすら行けないし、上手にごはんも食べられない。そんなことを言ったら、まず自分のことができてからにしろよと言われてしまうのがおちだ。

それなら、行事だ。どんどん参加しようと意気込んでみたものの、そもそも幼稚園では出席するのが普通のようで、参観日も懇談会も誰も休んでいなかった。

やる気を発揮する場はなく、ただ、静かに見守るぐらいしかやることはない。なんだと拍子抜けしながらも、我が子を人に任せてみて、その重さがしみじみとわかった。

娘を幼稚園に送り出すと、泣いてないだろうか、給食食べているだろうか、友達と仲良くできてるかな、今日は何してるのだろう、などと、あれこれと考えてしまう。のん気な夫ですら、仕事から帰宅すると、まず「今日は幼稚園どうだった?」と訊いてくる。誰でも、我が子のこととなると、こまごま気になるものだ。

きっと、あの保護者の方々も同じだったはずだ。

私は二年生から三年生まで担任をしていたから、「経験の浅い先生で、受験は、進路は大丈夫だろうか」と気をもまれただろうし、「中学生活最後の一年、充実したものに

なるだろうか」とやきもきされただろう。ほかにも挙げだしたらきりがない。

だけど、私は否定的なことも細かいことも言われたことはなかった。反対に、いつも保護者の方に、上手に乗せてもらっていたように思う。

他人に、大事な我が子を「任せる」というのは、案外難しい。でも、あの時の皆さんは、大きな懐で受けとめてくださっていた。必要なときはすぐさま駆けつける。けれど、それ以外はどんと構えていてくださった。だから、私は変に気負うことなく、生徒に向かえたのだと思う。いいクラスだったのは生徒だけの力じゃない。保護者の方々のおかげだ。

「親になったらわかる」という言葉はあんまり好きではない。親になる機会が全員当たり前に与えられているわけでもなければ、親にならなくたって、わかるものはわかる。だけど、保護者になった今、あの方々の思いの深さに、そのあまりの温かさに、今さらながら胸が熱くなる。


ところが、どんと構える必要もなく、娘の先生はとてもしっかりされていて、連絡ノートに書いてくださる言葉はいつも丁寧で、送迎のバスで顔を合わせる時にも短時間で娘の様子を話して安心させてくれる。個人懇談の時には、途中入園だった娘だけでなく私のことまで気にしてか「〜の時、△△君のお母さんと話されていて安心しました」なんて言ってくださった。なんとまあ、そんなところまでよく気が回られるものだ。

感心して、「おいくつですか」と訊いてみると、二十一歳だというではないか。教員採用試験に落ちまくっていた私が初任者だったのは三十歳。その若さでこんなにできるなんて、もう「お任せします」と言うしかない。

「初任者だろうとベテランだろうと保護者や生徒から見れば同じ先生だ」とよく聞く。私も自分では頼りない教師だと思っていたけれど、保護者の方々からすれば、それなりに一人前の先生に見えていたのかもしれないな。そんなことを思いながら、先日、ついつい懐かしくなって、当時の保護者の方からいただいた卒業式のＤＶＤを見てみた。

そこには卒業式の後、教室で保護者の方々が生徒や私に向け、自分たちで歌詞を作られた歌を歌ってくださるシーンも収められている。

「なんて愉快で優しい方々だったんだろう」と聴いていると、おかしな歌詞が出てきた。なんと「明るくドジな瀬尾先生〜」と歌われているではないか。あれ？　ドジ？　中学校最後の日に歌うとしても、どうひいき目に見ても、「ドジ」という言葉は、外せなかったようだ。

保護者になりたての私は、まだあの保護者の方々のようにはなれそうもない。でも、娘が中学校に行くころには、「先生、困ったことあったら、なんでもうちの子にふったらええで」と、どんと言える保護者になりたい。と考えて、あれと思った。娘がとんでもない生徒だったとしたら、そんなセリフを言える日は、いつまで経っても来ない。良い保護者になるためには、まずはがんばって子育てをしないといけないようだ。

ちびっこ黒猫、登場

三学期、娘の幼稚園の発表会が行われた。娘のいるクラスも、いろんな動物が順番に電車に乗っていくという劇を行い、娘は二人のお友達と一緒に黒猫役を務めた。

発表会があると知った時は、二歳になりたてなのに、もう劇をするのか。すごいなー。楽しみだなー。などとのんきに考えていた。しかし、年末の学級懇談会で衝撃の事実が伝えられた。

懇談会では、劇の台本と衣装についてのプリントが渡された。プリントには、衣装のイメージ写真と必要なものが事細かに書かれてあり、えらく凝った衣装だなと目を通していた私は冷や汗が出た。幼稚園ではお面を用意するだけで、衣装は保護者で準備するとなっているではないか。突然服を、しかも猫の衣装を作るなんてと唖然《あぜん》としていると、「懇談会は以上です。あとは、同じ役柄の保護者の方同士で衣装の相談をして、各自解散してください」

と告げられた。幼稚園というのはなんと大胆なんだと、あたふたしているのは私だけで、みんな当たり前のように役柄同士で集まっている。

実は、私は裁縫がからっきしできない。ミシンなど使えもせず、娘が幼稚園に入園してからというもの、作らないといけないものがあるたびに実家の母に泣きつき、緊急の時には、「縫わなくていいボンド」なるものでその場をしのいできた。

それが、猫の衣装を作れというのだ。しかも、ほぼ初対面に等しい保護者の方と協力してなんて、無謀にもほどがある。

どうしよう。どんなタイミングでどんな具合に裁縫ができないことをお伝えしようかと思っていたら、集まるや否や、上のお子さんも幼稚園に通わせている落ち着いた雰囲気のYさんが、「ちょこちょこ準備するのたいへんだから、着ぐるみを買いましょう」とおっしゃった。

え？　そんな手があるの？　と驚いていると、どの役柄のグループも着ぐるみを買う方向で話が進んでいるようだ。

手提げ袋に靴袋に給食袋。幼稚園には手作りの物が多々必要だ。だから、私だけが不器用で、ほかのお母さんたちはなんでも作れると思っていた。でも、舞台衣装を作れる人など、そうそういるわけがないのだ。

それから、黒猫役のお母さんたち二人と連絡を取り合っては衣装を探すようになった。けれども、ウサギやトラやサルの着ぐるみは山ほどあるのに、黒猫はなかなか見つからない。途方に暮れて、「遠目に見たら違いがわからないと思うので、サルの着ぐるみでどうでしょうか？」と提案してみたもののさりげなくかわされ、そうこうしているうちに、Sさんが「私でよければ作ります」とさらりと引き受けてくださった。

え？　三人分も作れちゃうの？　と驚いたけれど、パティシエをされていたというSさんは相当器用なようで、黒猫の衣装としても成り立つうえに、普段でも着ることができそうな、おしゃれなベストとパンツの衣装を作ってくださった。

そこで、残りのしっぽや首輪を、私とYさんで準備することになった。

不器用な私たちは、簡単にできる方法はないものかと、一〇〇円均一の店に目ぼしいものを買いに行っては、お菓子を食べながらボンドや手縫いで製作をした。もこもこの靴下にワイヤー入りの支柱を突っ込んでしっぽを作り、フェルトに鈴を付け首輪を作る。それだけなのだけど、手際が悪いからか、しゃべってばかりだからか、何日も費やすこととなってしまった。

Yさんは三人の子どものお母さんなのにゆとりにあふれ上品で知的で、がさつな私とは正反対の人だ。そんな人と、幼稚園のことやお互いの夫のことなど、いろいろ話しながら縫い物にいそしむ。普段知らないことを聞くことができたり、同年代の親として共感できることがあったりで、「発表会の衣装に時間を費やさないといけないなんて」と愚痴りながらも、私はとても楽しんでいた。

中学校で働いていた時も、体育祭の小道具や総合発表の掲示物など、夏休みや放課後に生徒たちが集まって作ることが多かった。

普段一緒にいる友人とは違う仲間たちで作業をすることもあるから、最初はよそよそしい雰囲気になることもある。だけど、授業時間ではない自由さと、同じものを作っているという一体感で、自然と話が弾んでいく。ぽろっと本音が出たり、好きな子の話できゃあきゃあ言ってみたり。そして、作業が進んでいくと、静かな子が器用に作って周りを感心させてほくほくしたり、やんちゃな子がこまごま片づけに精を出したりと、意外な姿を見せる。

そういう生徒たちを見るのが好きだったから、私はえらそうに手伝っているふりをしながら、しょっちゅう作業に参加をしていた。

面倒くさいのに、どこかわくわくするあの空気。それを感じながら、Yさんとせっせとしっぽや首輪を作っていった。

一方、娘のほうは劇の練習が始まってから、毎日、「ねこだーねこだー。はーい！」と繰り返していた。セリフらしいのだけど、そう言っては、一人で「じょーじゅー！（上手！）」と拍手をする。寝る直前まで「ねこだー。はーい」と言っているのだから、そのはりきりぶりは、おかしくてしかたがなかった。

さて、本番。最年少の娘は、みんなと並ぶとひときわ小さく、端っこにちょこんと座っている姿はどこかのちびっこが紛れ込んだみたいだった。人の出番の時に踊り、自分の出番の時にはきょとんとしているというぐあいだったけど、それでも、一人前の顔をして舞台で踊る様子に、うれしそうににこにこ笑っている顔に、うるっとしてしまった。

やっぱり、はりきっている姿っていい。中学生だって同じだった。行事となれば、クールな顔をしながら、悪ぶりながら、一生懸命になってしまう。中学生は必死で隠そうとするけれど、はたから見ればどう見たってはりきっている。準備も本番も含めて、行事には何か特別な力がある。

発表会が終わった後も、娘は時々衣装を出してきては猫の格好をしている。ただ、猫のお面は破れてしまったので、体は猫なのに頭には雑誌の付録についていたカエルのお面をかぶっているのが、少々不気味だ。

まだ二歳の娘にとっては、毎日が行事と同じく愉快なようで、「ケロケロ」「ニャオー」と叫びながら忙しく走り回っている。

赤ちゃんと子どものボーダーライン

「何歳までがお姉さんで、何歳からがおばさんか」という話をたまに聞く。三十歳を過ぎたらもうおばさんだとか、独身だったらお姉さんだとか、見た目で決まるものだとか、意識の問題だとか。いろいろ言われているけれど、社会に出てすぐ講師として中学校で働いていた私は、二十二歳ですでに生徒に「おい、ばばあ」と言われていた。そのまま、三十代に突入するころには、「先生、その年で独身って、将来どうすんの」と悪態ではなく本気で年老いていくことを心配されるようになり、今では四十歳を過ぎ子どももいて、一点の曇りもない正真正銘のおばさんとなってしまった。

残念ながら、私はお姉さんと呼ばれる時期を経ることがなかったけれど、お姉さんとおばさんの見極めは結構難しい。そして、同じく、何歳までが「赤ちゃん」なのか。これもはっきりとはわからないものだ。

三月に入り、幼稚園が春休みになって、娘とよく公園に行くようになった。ほかの幼稚園も休みだから、いろんな年頃の子どもたちがいて公園はにぎわっている。そこで驚くことに、娘はしょっちゅう「赤ちゃん」と言われるのである。体は平均より小さい娘だけど、もう二歳と三ヶ月だし、あちこち走り回っているのにだ。

先日は、公園に入るや否や、女の子たちが「あ、赤ちゃんだ！」と駆けよってきた。私からしてみると、娘とさほど変わらなく見えるし、女の子たちもまだ四歳だという。

それなのに、

「ねえ、赤ちゃんミルク飲んできた？」

「ねんねさせなくていいの？」

などと訊いてくるのである。

「ミルクじゃなくて、もうごはん食べてるよ」

と答えると、「すごいね」「えらいんだね」とびっくりし、

「昼寝はあんまりしないわ。夜は寝るけど」

と答えると、「赤ちゃんなのにね」と困った顔をしてくれる。一人前にお姉さん気取りなのがおかしくて笑っていると、次は「赤ちゃん触っていい？」「抱っこさせて」などと言ってくる。

「もちろん」と了承すると、「順番ね」「私が先だよ」と女の子たちは嬉々としながら、娘のほっぺを触り、「うわ、かるーい」「全然重くないねー」となぜか強がりを言いながらよろよろと娘を抱っこする。娘のほうはお姉ちゃんたちに囲まれ、触られるわ抱え上げられるわで、わーわー言いながら逃げ惑っていた。

その後は鬼ごっこをして遊んでくれたのだけど、「赤ちゃんだから、何回タッチしても鬼にならないことね」「赤ちゃんいるからゆっくり走らないと」などと特別なルールで、何も知らずただひたすら走り回っている娘をみんなで追いかけてくれた。娘は鬼ごっこだなんて思ってもいないから、みんなが自分についてきてくれているとご機嫌だった。

またある日、娘の鼻水が止まらなくなって、耳鼻科に行った時である。

最初は待合室のキッズスペースで遊んでいた娘も、診察室前に行くとぎゃあぎゃあ泣きだし、先生に鼻水を吸引してもらった時には大号泣していた。順番の前に同じ年くらいの男の子がいたのだけど、その子はけろりとしている。

「お兄ちゃんえらいねー」

と私が感心していると、男の子は、

「赤ちゃんはえーんえんだねー」

と診察を終え泣いている娘に「赤ちゃん」と声をかけ慰めてくれた。

その余裕の姿に年を訊いてみると、お母さんが「二歳です」と言うではないか。

「あらまあ。同じ年ですね」と思わず苦笑してしまった。

男の子はアレルギー性鼻炎で毎週病院に通っていて慣れているらしく、心細くしている子どもたちは新参者に見えるそうだ。そんなベテランの男の子からしてみたら、鼻水を吸引されただけで泣き叫んでいる娘は、まさに赤ちゃんだったのだろう。


幼稚園でも最年少の上に体が小さい娘は、周りの子どもたちによく面倒をみてもらっているようで、時々先生に、「今日はお友達に靴を履かせてもらってました」「手を引っ張って連れて行ってもらってました」などと聞かせてもらう。

同じクラスだから、年が離れていても一年ちょっとだ。それでも自分より小さな子どもは赤ちゃんに見えてしまうのだろうか。まだ幼い子どもたちが世話を焼いてくれている様子を想像すると、なんともいじらしい。


ところが、娘は自分が赤ちゃんだとは思ってやしない。

それどころか、「いないいないばあ」を人にするのが得意で、小さい子を見つけたりすると、はりきって「ななーななーば！（いないいないばあ！）」とやりに行ったりする。自分より小さな赤ちゃんを相手にしているのはまだいいのだけど、たまにスーパーなどで泣いている子どもと出くわすと、明らかに自分より年上のお兄ちゃんでも、「ななーば！」などとやるから厄介である。

赤ちゃんみたいな娘に「ななーななーば！」と言われるんじゃ、お兄ちゃんも立場がない。くすりともせず、神妙な顔つきで娘のいないいないばあを眺めている子どもを見ていると、少し申し訳なくなってしまう。

いったい何歳になったら赤ちゃんじゃなくなるのだろう。背が大きくなったら、言葉をしっかり話すようになったら、娘は赤ちゃんと呼ばれなくなるのだろうか。だけど、娘に差し出される小さな手は、どれもとても微笑ましい。それに、あれこれ面倒をみてもらえるのは、やっぱりお得だ。せっかく小さく生まれたのだから、赤ちゃんでいられる期間を思う存分楽しんでみるのもいい。

最後にやっぱりもう一度

先日、家族で天王寺《てんのうじ》動物園に出かけた。動物園なんて子どもの時以来なのだけど、思ったよりも広くてきれいで、夫も私も着くなりわくわくした。

最初にいたのはフラミンゴ。ピンクで鮮やかな姿に喜ぶだろうと思いきや、娘はぽかんとするだけだった。次に出てきたのはカバやサイ。これも、ちらりと見ただけで反応はいまいちだ。もしかしたら、まだ動物園は早かったのかなと少々不安になりつつ進んでいくと、娘が一気に目を輝かせた。シマウマとキリンが見えてきたのだ。さっきまで「どこだろう、ここは」という顔をしていたのに、柵に近づき、「しまうまさーん」「きりんさーん」と呼んでいる。やっぱり知っている動物を間近に見ると、興奮するようだ。

きゃっきゃとはしゃぎながら園内を進み、ライオンの前に来た時には、娘は柵から身を乗り出しそうな勢いで、「ライオンさーん！」と声を張り上げていた。誰でも呼べば、「はーい」と返事をすると娘は思っているのだけど、百獣の王が小さい子どもを相手にするわけもなく、ライオンはどれだけ呼んでもびくともしない。そんなライオンに、娘は口の横に両手を当てメガホン代わりにすると、さらに大きな声で呼びかけた。それでも、結果は同じ。しばらく考えた末、「ガオー」と叫びだした娘だけど、ライオン語は一向に通じず、周りの家族に笑われるだけで、ライオンがこちらを向くことはなかった。

天王寺動物園には、約二〇〇種類の動物がいる。朝一番でやってきたけれど、ゆっくり見て回っていたら時間がないし、娘も疲れてくるだろう。私は「鳥とかりすとか、小さな動物はとばしてもいいんじゃない？」と提案したのだけど、夫はうなずきながらも、一つ一つの檻《おり》の前まで行きじっくりと見て回った。娘は娘で、何かを見るたびに「りすさーん」「ぴっぴー」などと、名前と鳴き声の両方で呼びかける。おかげで、半分ほど見て回ったころには、もうお昼になっていた。

中央の広場で昼食にすることにして、私たちはお弁当を広げた。そのとたんだ。体中に鳥肌が立った。どこからか不気味な声がして足元に目を落とすと、周りにはハトがいっぱいいるではないか。

私は何が苦手って、ハトが嫌いなのだ。あの低いくぐもった声に、緑や紫がかっている首元の色づかいに、ぴょこぴょこした挙動不審な動き。子どものころから怖くてしかたがなかった。夫が追い払ってはくれたけど、どれだけ邪険にしてもハトは懲りずに近寄ってくる。とてもじっとしてはいられなくなって、私はおにぎりを手に逃げ惑いながら立って食べる羽目になった。

広場にはたくさんの家族連れがいるけれど、私以外の人は冷静に、なんならハトの相手をしながら食事をしているし、夫も娘も、ハトなど気にもせず、おかずをほおばっている。きっとみんなに、「子どもは座って食べているのに、落ち着きのない母親だな」と思われたことだろう。

なんとか食事を終え、残り半分。ハトのせいでどっと疲れた私は、「あとは簡単に見て回ろう」と言ったのに、夫は娘と意気揚々とくまを見、アシカを見、園内を隅々までくまなく回ったうえに、少しさびれた爬虫類《はちゅうるい》生態館にまで入りはじめた。この調子で、一日で動物園を出られるのだろうかと、ため息をついて思い出した。そうだ。夫はいつもこうだった。

結婚する前も、夫とたまに美術展や博物館に行くことがあった。二人とも絵画や歴史に興味があるわけではなく、出かけた先でたまたま催し物があってついでに入ることがあっただけだ。

それなのに、いつでも夫はじっくりと見て回った。絵画も彫刻も、戦国時代の刀も、何を書いてあるのかわからない書物も、丁寧に眺め、その下にある長々とした説明にも目を通すのだ。芸術や文化の話など、夫の口から出たことは一度たりともない。それにもかかわらず、その道に造詣が深いかのように、しげしげと見つめるのである。さっさと見終わった私は、じっと待っているしかなかった。そして、極めつきは最後だ。やっと外へ出られると思いきや、夫は「もう一度、あの作品だけ見ておくわ」と、毎回展示の中で一番気に入ったものを再度見直すのである。ついに帰れると思った私は、いつもがっくりきた。

爬虫類生態館でも、夫は入念に水槽を眺め、ところどころに書かれている説明書きを真剣に読んでいた。水槽には、トカゲやカエルがいるようなのだけど、薄暗いうえに岩や砂ばかりでどこにいるかわかりにくい。今まで動物の名前を呼んでいた娘も、退屈そうにぼんやりしている。それでも、夫先導のもと、私たちはすべての水槽を見て、やっと爬虫類生態館を出ることができた。

その後、娘の大好きなゾウを見て、シロクマを見て、ようやく出口にやってきた。「動物園って広いね」「さすがに疲れた」と帰ろうとした時だ。夫の口からあの恐ろしい一言が出てきた。「最後にライオンだけ、もう一回見ておこう」と言うではないか。

「もう十分見たって」

と私が反対したのに、夫は、

「さっきは朝早くてだらっとしてたけど、昼ごはん食べて、ライオンも元気になって動き回っているはずやから」

と娘を抱いて強引にライオンのところまで行ってしまった。

けれども、午後になり、ライオンは活動的になるどころか、朝よりのんびりとして半分眠っているような状態だった。

もはやそんなライオンを目にしても、娘は「ライオンさーん！」と呼ぶことも「ガオー」と叫ぶこともなかった。


夫と二人でこんなに細かく動物を見ていたら、途中で嫌になっていただろう。だけど、娘がいると違う。それは、動物だけでなく、娘を見ていられるからだ。「ずいぶん喜んでるな」「これは意外に興味がないのか」などと娘の表情を見ていると、どこに行っても楽しい。

帰りの車の中。満足そうに眠る娘の顔を見て、「ああ、来てよかった」としみじみと感じた。

一方、夫のほうはというと、純粋に動物を楽しんでいたようで、「そういえば、ゴリラがいなかった。見たかったのになあ」としきりに残念がっていた。もちろん、夫がゴリラに興味があるという話は一度も聞いたことはない。でも、今度は夫と娘、二人の喜ぶ顔を見るために、ゴリラがいる動物園に行くとしよう。

最初に覚えた名前は

春になると、胸が高鳴る。蠢《うごめ》きだす虫も嫌いだし、芽吹きはじめる花をめでるような心も持ち合わせていないし、ついでに最近花粉症になってしまったから、春の気候は苦手だ。だけど、あの始まりの感じはたまらない。

中学校で働いていた時も、四月が一番好きだった。同じ学年の先生たちと春休み中にこまごまと新しい年度の準備をする待ち遠しい感じ。そして、進級した教室に入ってくる時の生徒たちの姿。どれだけ悪態ついたって、「新年度だしがんばってみよう」という新鮮な気持ちがどの生徒からもあふれ出ている。その空気に包まれて、私までなんでもできそうな気がしてしまう。それが四月だった。

そんなうきうきした春をしばらく忘れていたけれど、娘が幼稚園に行きはじめて、また始まりの春が舞い戻ってきた。

娘の幼稚園でも四月半ばに新年度がスタートした。といっても、娘がいるのは本格的に幼稚園に入園する前のプレクラスで、一歳半ぐらいから三歳までの子どもが在籍している。まだ二歳の娘は、年度が替わっても同じプレクラスのままで、担任の先生も教室も変わらなかった。

三歳を迎えたお友達が進級し、新しいお友達が入室して、少しクラスメートの顔ぶれは変わったのだけど、娘はピンとこないようで、三月までとまったく同じように登園していた。新年度にわくわくしたのは私だけで、二歳の娘にとっては、年度が替わったところで、何も変化がないようだった。

それが、五月に入ったころからだ。娘はやたらと去年幼稚園で配られた一枚のプリントを出してくるようになった。入室した際にもらった、先生方の写真入りの自己紹介が載せられたお便り。それを、引き出しから出してきては見入っているのである。そして、先生方の写真をひととおり、まじまじと見たあと、娘はいつも「みかせんせー」と、写真に呼びかけるのだ。

みか先生は、昨年度、娘のクラスの副担任だった先生だ。今年度は全体のサポートという役割になられ、副担任ではなくなってしまった。同じ幼稚園におられるから会う機会はあるのだろうけど、みっちり一緒に教室にいられるわけではなくなって恋しいのか、時々、娘はプリントの中の小さな写真に向かって、「みかせんせー」と呼びかけている。

教師だった時、私は毎年担任をもたせてもらっていた。だけど、若い先生たちが新規採用で入ってくるたび、身勝手にも、いつか自分も先輩の先生方のようにサブで支える役割になっていくのだろうか、そうなるのは嫌だなと懸念していた。自分のクラスがあるという充実感や安心感は、仕事のしんどさを吹き飛ばしてくれる力がある。担任ができないのはきっと寂しい。と思っていた。

でも、娘が最初に覚えた名前は、お友達の名前でも、私や夫の名前でもなく、「みかせんせい」だ。まだ自分の名前も言えなかった娘が、幼稚園に入園して三ヶ月も経たないうちに「みかせーせー」と言うようになった。

担任の先生が全体の指導をしている中で、小さな娘は手がかかったのであろう。できないことがあるたび、泣くたびに、みか先生が、いつもそばで手を貸してくださっていたのだと思う。登園をぐずる時だって、「みか先生が会いたいって言ってたよ」などと言いながらなんとか連れ出していた。

同じクラスではなくなった今も、「みかせんせー」と写真に呼びかけている娘を見ていると、どれだけお世話になったのだろうと感謝でいっぱいになる。それと同時に、こんなふうに誰かの心のよりどころになるのなら、担任も副担任も同じようにすてきな仕事だと今さらながら感じる。

さて。そんな娘も、最近、連絡ノートに、「泣いているお友達の体を大丈夫、とぽんぽんとたたいてくれます」「お友達にここだよ、と声をかけてくれています」などと書いてもらうことがあった。

やんちゃな娘のそんな姿はまったく想像できない。けれど、今まで年上のお友達に助けてもらっていたことが少しは身についているのだったらいいなと温かい気持ちになる。夫と、「うそみたいだ」「信じられない」と驚きながらも、ちゃんとお姉ちゃんになるもんだねと成長を喜んでいた。

ところが、先日の日曜日だ。リビングの真ん中で昼寝をしている夫に、娘が「おきてー」「あさだよー」と叫びだした。遊んでほしくて起こしているのだと微笑ましく見ていると、娘はなかなか起きない夫から布団をはぎとり、「返してー」と夫が言うのも聞かず、小さな体で布団をひきずりながら、隣の部屋へ持って行ってしまった。なんとてきぱきとしたいさましい姿だろうと笑いつつも、まさか幼稚園で、こんなふうにえらそうに先輩風ふかしてるんじゃないだろうなとぞっとした。まあ、まだ小さい娘がどんなにはりきったって、周りからはちょこまかしているようにしか見えないだろうけれど。

始まりの春ももうすぐ終わり。いよいよ本格的に年度が盛り上がっていく初夏だ。ほんのちょっとお姉さんになりつつある娘は、今度はどんな姿を見せるのだろう。春もいいけど夏もいい。子どもがそばにいると、どんな季節も心は躍る。

必殺　おなかポーン！

週末、スーパーで買い物をしていると、カートに乗せた娘が突然「おしりチェーック、イエーイ！」と歌いだした。公共の場でなんてことを言うのだと焦る私をよそに、娘はご機嫌にリズム良く、「おしりチェーック」と繰り返している。いくら二歳の子どもとはいえ、買い物客のおしりを点検しはじめたら、セクハラで訴えられかねない。私はひやひやしながら、娘の口を「しーっ！」とふさいだ。

実は、これは夫がよく言う言葉なのだ。といっても、夫は常に女の人のおしりをじろじろ見ているとんでもない男だというわけではない。

夫がたまにおむつを替えてくれるのだけど、少し前まで慣れないせいか娘は嫌がって逃げていた。それをなんとかしようと考えた夫は、おむつを替える時に、「おしっこしてるかなー？　おしりチェーック、イエーイ！」と陽気に自作の歌を歌うようになったのだ。娘はその歌をなぜか気に入って、今では夫と二人で「おしりチェーック！　イエーイ！」と口ずさみながら、楽しそうにおむつ替えを行っている。

しかし、街中で叫ばれては少々困る言葉だ。夫に、「これからはおしりではなく、おむつチェックと歌って」とお願いしておいた。

子どもは変な言葉をすぐに言いたがる。少し前までは「アメマー」が娘のお気に入りで、一日何度も口にしては一人で笑っていた。

「アメマー」は、間寛平《はざまかんぺい》さんのギャグで、私が小学生の時にはよくテレビで流れていたし、学校でもはやっていた。だけど、ここ何年も耳にしたことがない。だから、幼稚園で覚えたのだろうと、

「熱烈な寛平さんファンの子どもがいるんだね」

「子どもたちみんなでアメマーって、はしゃいでるんだろうな」などと夫と話していた。

ところが、そんなある時、幼稚園で先生に「娘さん、アメマーアメマーって言ってるんですけど、あれって、寛平さんの物まねしてるんですか？」と訊かれてしまった。

「え？　幼稚園ではやってるんじゃないんですか？」と驚くと、「誰も言ってないですよ」と先生に不思議そうな顔をされた。

どうしてそんな言葉を娘が覚えたのかは不明だけど、なんとなく口に出た響きがおも

しろくて、いつの間にか口癖のようになっていたのだろうか。どうやら、「アメマー」は娘だけのブームのようだった。

そんな娘だけど、言葉を発するのが遅く、パパやママでさえもなかなか言わなかった。「やいやい」「ぶんぶん」とうるさいのに、意味のある言葉はしゃべらない。早く何か言わないかなと夫と待ちわびていた、一歳前ぐらいのころだろうか。娘がようやく「パパパ」と言いだした。夫はついに「パパ」と呼んでもらえたと大喜びで、何度も「パパ、パパ」と娘に言わせては嬉々としていた。

しかし、いつまで経っても「ママ」とは言わないことに気兼ねしたのか、夫は娘に「ママだよ。ママ」と必死で教えはじめた。そして、娘が「パパ」ではなく「パパパ」と言うのを、何度か音を繰り返すと言いやすいと思ったようで、夫は娘の前で私のことを「マママ」と呼ぶようになった。けれど、娘が発するのは依然として「パパパ」だけだった。

それどころか、ごはんを見てもおもちゃを見ても、娘は「パパパ」と言っている。そうなのだ。「パパパ」と言うのは、父親を呼んでいるのではなく、ただ、「パパパパ」と口にしやすい音を発しているだけなのだ。幸せな夫は、ずいぶん長い間自分が呼ばれていると勘違いをしたままで、そのうちに娘は「ママ」「パパ」と言えるようになった。

現在娘は、予想どおりのおしゃべりになっていて、最近は、家で幼稚園でのやり取りを再現して遊んでいる。

「げんきよくー、あさのあいさつをしましょー」「おひざにてー」と先生の口ぶりをまねしている姿は、幼いながらも特徴をつかんでいておもしろい。

そして、ほめられるのが大好きな娘は、「うわ、はみがきできたねー。えらーい」「うわー、おえかき、じょーじゅだね」「おかたづけ、すごいねー」などと、先生になりきって、自分で自分をほめてにこにこしている。

ほめられるのと同じように、娘は笑ってもらえるのもうれしいらしく、私や夫が笑うとその言葉ばかりを繰り返す。

これもまたどこで覚えたのか不思議なのだけど、一週間ほど前から「おなか、ポーン！」と言いながら、シャツをめくり上げてお腹を見せてたたく。というのが娘の得意技で、ごはんを食べた後などに、お腹を丸出しにしては「ポーン！」と勢いよくたたいて、みんなを笑わせては喜んでいる。

ポッコリ出たお腹を満足そうな顔でたたいている姿はおもしろいのだけれど、これも外で披露されては困る。

言葉をどんどん広げていく娘といると、愉快なことも同じように増えていく。だけどその分、笑いをこらえるのもたいへんだ。

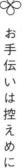

お手伝いは控えめに

今、娘が夢中になっていることと言えば、お手伝いである。

最初は、食事前にスプーンを運んだり、食後にテーブルを拭いたりしはじめた娘にしめしめと思っていた。今のうちから簡単な手伝いをするようにしておけば、娘が大きくなったら、私も楽ができると考えていたのだ。だから、「うわ、お手伝いしてくれるのー。助かるわー」と大げさにほめていたら、次第に娘はお手伝いの幅を広げ、あらゆる家事に手を出そうとするようになってしまった。おかげで、楽になるどころか、今は娘の執拗《しつよう》で強引なお手伝いに、頭を悩ませている。


まずは、朝の洗濯から始まる。

我が家は、洗濯物をベランダに干しているのだけど、二階にある洗濯機から洗い終わりを知らせる電子音が聞こえると、誰にも頼まれていないのに娘は、

「てつだってー」

と言いながら、階段をのしのしと上がっていく。そして、洗濯物を物干しにかけようとするものの、背が低く届かないから、私に抱っこしろと訴えてくる。すでに十キロを超えた娘を物干しに届くまで持ち上げるのは結構な力が必要だ。何枚もの洗濯物を、いちいち娘を抱っこして干さなくてはいけないなんて、もはや洗濯ではなく筋トレで、干し終わるころには腕がパンパンになっている。

最近はEテレの『おかあさんといっしょ』が始まるころに洗濯の出来上がりを合わせ、娘がテレビに見入っている隙にこっそりと干すようにしているのだけど、時々私がベランダにいることに気づいた娘が、「おっせんたくー。おっせんたくー」と歌いながら階段を上ってくる。手伝ってくれようとしているのに悪いけれど、その勇ましい足音が聞こえると、「やばい！　ばれた！」とがっくりせずにはいられない。


なんとか洗濯が終わると、次は掃除だ。掃除機は子どもにとって、おもちゃみたいに見えるのか、触りたくてしかたがない娘は、

「そうじ、しよか」

としょっちゅう誘いかけてくる。ずぼらな私は二、三日に一回程度しか掃除機をかけ

なかったのだけど、娘のおかげでここ最近は毎日かけるようになった。

小さな娘が大きな掃除機を振り回しながら几帳面に掃除する姿は愉快だし、時間はかかるけれど、私が疲れることはない。掃除は娘のお手伝いの中で、唯一かろうじて役立っている家事だ。


なんといっても、厄介なのは料理だ。

私が台所へ行く姿を見ると、調理台に背が届かない娘は、またもや誰にも頼まれていないのに「てつだってー」と言いながら、食卓の椅子をずるずると押してやってくる。そして、椅子に乗っかっては、やることがないか調理台の上を見渡すのだ。

初めのころは、器から器へ水を移させたり、ひたすらプチトマトのへたを取らせたりするなど、危なくないことをさせていたのだけど、しだいに「これは料理になってない」と勘づいた娘は「ジューする」とフライパンを持ちたがるようになった。

娘のあまりのアピールに、なんでもやってみるのはいいことだし、そばについていれば大丈夫だろうと、少し前からフライパンに入れた食材を木べらで混ぜさせるようになっていた。

しかし、だんだん慣れてきてそれなりに混ぜられるようになったと思っていた矢先だ。

フライパンに娘の小指が触れてしまい、すぐさま水で冷やしたのだけど、皮膚が真っ赤になってしまった。

これは痛々しいと、ネットで子どものやけどについて調べてみると、「やけどは即病院」などと書いている人も多い。慌てて近所の小児科に電話し症状を説明すると、「薬渡すくらいしかできないから、家で消毒してばんそうこう貼ってあげればいいですよ」

とアドバイスをされた。

子どもの回復のスピードは驚くほど速く、しばらくするときれいに治りはしたけれど、もうやけどをさせるわけにはいかない。

それ以来、娘に気づかれないよう、そっと台所へ行ってはちょこちょこ料理するようになった。でも、お手伝いするチャンスを常に狙っている娘には、どうしたって勘づかれてしまう。

「もう終わったよ」「何も作ってないよ」などという言い訳は通用せず、「てつだってー」と言いつつ強引に椅子を押して台所へやってくるのだからどうしようもない。

考えた末、娘にスープを作らせることにした。冷たい牛乳で溶けるカップスープの素《もと》を器に入れてぐるぐるかき混ぜるだけなのだけど、娘は大喜びで毎日のように作っている。

一人前に、「もっちょっと、ぎゅうにゅうー」などと言い微妙な味を調節しているような顔をして、味見ばかり。しかも、自分が作っていると思うからか、普段好んで食べない人参やらブロッコリーやらを細かく切ったものをスープの中に入れても、ご機嫌に混ぜて躊躇なく口に入れている。結局、調理台の上でスープを全部たいらげてしまうのだけど、「おてつだい、だねー」と娘は大満足のようだ。

娘のお手伝いのおかげで楽に、なんてことはないけれど、娘と一緒にやると坦々《たんたん》とした家事も少しはおもしろい。ただ、これ以上お手伝いをされないように、風呂掃除やアイロンがけなど、まだ娘に知られてないものは、こっそりとやることにしよう。

パラダイスからの逃亡

何十年もの間、第一線で活躍している国民的大スターと言えば、アンパンマンだ。私が子どもの時から、周りのみんなが大好きで、絵本もたくさんあった。その人気は低迷するどころか、ますますパワーアップし、最近ではお菓子におむつ、ぬいぐるみにおもちゃに文房具に薬。いたるところに、アンパンマンのキャラクターが描かれたものがあふれている。

テレビで見ているわけでもないのに、我が家の娘もいつからかアンパンマンに興味を持っていた。現代の日本でアンパンマンに触れずに子ども時代を生きていくのは、なかなか難しいことのようだ。そして、にこやかなあの丸顔を一度見るととりこになってしまうのか、娘は少し前から「アンパンマンだいすきー」と言うようになっていた。

そこで、夏休みに神戸にあるアンパンマンこどもミュージアムに行くことにした。ミュージアムがあるだなんて、さすがアンパンマンだと思っていたら、なんと全国に五か所もあるらしい。想像を絶する人気ぶりだ。

朝早くから車を走らせ、二時間弱。開館と同時に着いたのに、入り口にはもう列ができていた。十五分ほど並んで入館すると、そこはすべてがアンパンマンの世界だった。キャラクターの大きな人形たちが並んでいて、パン工場やアンパンマンの町があり、滑り台やボール広場などもある。どの子どもたちもおおはしゃぎで、うれしくてたまらないという表情をしている。娘もすぐさま目をキラキラさせてあちこちを巡っていた。

忙《せわ》しくミュージアムの中を回っていると、娘が大好きなメロンパンナちゃんの着ぐるみが歩いてきた。みんな我先にと握手をしている。娘も喜ぶだろうと思いきや、着ぐるみが怖いようでメロンパンナちゃんに気づいたとたん、顔をこわばらせた。

そういえば、私も小さいころ、着ぐるみが苦手だった。小学生になってからだけど、スーパーで着ぐるみのゴリラに出くわし、一緒にいた妹をおいて一目散に店外まで逃げたことがある。ゴリラがスーパーにいるなんて衝撃だし、二足歩行ですいすい近づいてくるその姿は恐怖でしかなかった。

やっぱり親子は似るんだなと見ていると、娘は握手しようと手を差し伸べて近づいてくるメロンパンナちゃんに、自分の手を後ろに隠しながら、

「メロンパンナちゃん、じょーじゅだね！」

とほめだした。

何が上手なのかわからないけれど、ほめれば納得して帰ってもらえると思っているようで、「メロンパンナちゃん、すごいねー」などと言いながら少しずつ距離を取っている。

なんだか上司の誘いを断る世渡り上手なサラリーマンのようで笑えるが、あんまり怖がらせてもいけないと、メロンパンナちゃんには申し訳ないけれど、娘とそそくさその場から去ることにした。


ひとしきり遊んで、最後に下のフロアへと下りて行った。神戸アンパンマンこどもミュージアムは二階が遊べる場所で、一階はショッピングモールになっている。パン屋にレストラン、ぬいぐるみや雑貨を売る店に美容院まで。ありとあらゆるアンパンマン関連の店が広い空間に並んでいるのだ。娘はいろんな店に入って次々と商品を手にとっては、「かーいーねー」と上機嫌で言う。記念に何か一つ買おうかと値札をチェックすると、どれも想像する価格より二倍ほど高くて夫と絶句した。

「アンパンマンさえついてなかったら安く買えるだろうに」などと身もふたもないことを言いながらも、絵本ぐらいなら買ってもいいかなと、私たちは様々なものがそろえられている一番大きな店に入った。

ところが、絵本コーナーにたどり着くや否や、娘は一人で店から出て行こうとするではないか。

「どこに行くの？」

と追いかけると、出口へ向かいながら「かえろか」とつぶやいている。

「あれ？　もういいの？」

と驚く私たちに、娘は「おうちかえろ」と何度も言い、そのうち満足すれば帰らせてもらえると思ったのか、「アンパンマン、あーおもしろかったー」と言い出した。

どうやら、あまりのアンパンマンの多さに、疲れてしまったようだ。隅々までアンパンマンが描かれ、売られているものはおにぎりから鉛筆までアンパンマンのキャラクター。夢のような空間だけど、まだ小さい娘には十分すぎたのだろう。さっきまであんなに楽しんでいたのに、娘はアンパンマンに見向きもせず出て行こうとしている。もう飽和状態になってしまっているようで、何を言ってもとどまろうとはしない。残念ながら、そのまま帰ることとなった。

帰宅後、何も記念に買えなかったなとがっかりしていると、夫が「写真買ったやん」

とほくほくした顔をした。

そうなのだ。遊園地や観光地で、入り口などで撮影をしてくれ、その場所の名前が入った台紙に写真を貼り付けて出口で販売するというシステムがよくあるけれど、夫は時々それを買うのだ。

結構な値段がするし、自分たちで撮る写真とさほど違いがあるように思えないし、そもそも大きな台紙に貼り付けた写真なんていらないだろうと、私はいつも買うのを反対する。それを、今回は夫が、「三人ともめっちゃいい顔してるわー」と強引に買ってしまったのだ。

夫が観光地などで購入した写真は、いつも眺めるのはその時だけで、すぐさましまい込んで二度と見ることはない。だけど、アンパンマンミュージアムでの写真は唯一の夏休みの記念となり、堂々と部屋に飾られている。

名残は今でもあちこちに

先日、ある中学校から生徒が書いた一学年分二百名弱のワークシートが送られてきた。物語の感想や読み取りを書いたワークシートで、みんなぎっしりと書いている。

一人目のシートを見てみる。

「僕」と「曇り」という漢字が間違っている。よく間違える字だよなと、赤ペンを取り出して修正し、感想を読む。細かいところまで読みこんでいると感心し、「よく気づいたね！　すばらしい」などと書きこむ。

二人目のワークシート。なんてきれいな字なのだろう。まずはそこをほめておかなくては。ただのワークシートでも、丁寧に書くことって大事だ。

三人目。この子は国語が苦手そうだな。でも、がんばってなんとか感想を書いている。ここは大げさにほめて、自信をつけてもらうとするか。

そんな調子で、なんだかんだとコメントを書きながら一クラス分をチェックし終え時計を見ると、一時間以上経っていた。このペースで見ていたら、時間がかかってしかたがない。まずは、誤字脱字の訂正を先にすませたほうが早いなと、ぱらぱらシートをめくって、はっとした。いったい何をしているのだろうと。

現在私は国語教師でもなければ、このワークシートはチェックするようにと渡されたものでもない。

中学校の教科書に私が書いた小説が掲載されているのだけど、それを授業で扱った先生が、「よければ読んでください」と生徒のワークシートを送ってくださったのだ。

教師だったころの私は、生徒の提出物にコメントを書くのが大好きだった。生徒は案外コメントを楽しみにしていて、友達同士で見せ合ったり、「やったね」などと喜んでくれたりしていた。

だけどだ。このワークシートを書いた生徒たちと私は会ったこともない。生徒たちからしてみれば、見ず知らずのおばさんに赤字で誤字を訂正され、偉そうに感想を書かれたんじゃ、たまったもんじゃないだろう。久々にたくさんのワークシートを見て、教師気分が舞い戻ってしまったようだ。

こんな感じで、教師を辞めて五年以上経った今でも、働いていた時の癖が出て、しまったと思うことがある。

前に、娘と子育て支援センターで遊んでいた時だ。

ある男の子が、自分が遊んでいたおもちゃを使い終わった後、お友達のところにわざわざ持って行って、貸してあげた姿を見た。

なんと優しいのだろう。お友達が使いたがっていたのを察知して自ら持って行ってあげるなんて。感動しつつその子のお母さんのほうを見てみると、たまたまほかの人と話していて、その姿を見逃していたようだ。これは絶対報告しなくてはと、私は自分の娘をほったらかして、お母さんに近づいた。

教員時代に私が尊敬していた校長先生は、「悪いことをした時だけでなく、いいことをした時こそ保護者に連絡するべきだ」とよく言っていた。そのとおりだと私も思う。問題行動を連絡するのは気が重いけど、いいことを報告すると保護者の方も喜んでくれるし私もうれしくなる。

そのころの気持ちが沸き立ってしまったようで、

「さっき息子さんがお友達におもちゃ貸してあげに行ってましたよー」

とお母さんに声をかけた。

お母さんは「あら、いいとこあるんですね」と喜んでくださった。その顔を見てさらに勢いづいた私は、「なかなか物の貸し借りってしにくいけど、本当優しいお子さんですよね」「自分から持って行く行動力もあるなんて」などとほめまくってしまった。ふと我に返ってみると、案の定お母さんは少しひいている。「で、あなた誰?」「それより自分の子どもをしっかり見て」と思われたはずだし、ぐいぐい話してくるなんて怪しい教材でも売りつけられるんじゃないかと警戒されたかもしれない。

この前は、娘が通っている幼稚園の連絡ノートに先生への伝言を書いている私を見て、

「絶対、そんないっぱい書いてる人おらへんで。先生読むの、迷惑してるわ」

と眉をひそめた夫に、

「家での子どもの様子を知らせるのは大事なことだって。放課後の友人関係とか、休日どう過ごしているか知っておくと、問題行動が出てきた時に、役立つんだから」

と熱く語ってしまった。

中学校では、生徒に課題が出てきた時、日頃の情報収集が役立った。上級生と遊びだしてから生活態度が乱れはじめたとか、そういえば最近休日のたびに出かけてるってお母さん言ってたなとか。何気なく耳にした情報で、生徒が揺れだした時期や原因がつかめることもあった。

そう主張すると、「問題行動ってなんやねん」と夫がずっこけた。

娘はまだ二歳だ。まさか、「最近走り回ってばかりいるけど、連絡ノートに他園の園児とよくつるんでいると書いてました」なんてことが職員会議で話題に上ることはまずないだろう。それに、私の伝言ときたら、「おしり丸出しで家の中を走ってます」とか、「でたらめの歌を歌っています」とかで、指導に役立つことはまるでない。先生にとって読むのにただただ面倒な代物になっている気がしないでもないけれど、娘の行動がおもしろすぎて、ついつい書いてしまう。

それにしても、いつまでも教師だったころの感覚が残ってるなんて困ったものだと思っていたら、先日、以前担任した生徒から、「結婚式で使うから俺の中学校の時の写真、今すぐ送って」と連絡があった。

いやいやいや。私が彼を担任していたのは十年も前だ。当時は生徒たちの写真をことあるごとに撮って、学級通信に使ったりしていた。だけど、その後、他校へ異動だってしたし、引っ越しだってしたし、退職もしている。机の引き出しに当たり前のように、写真が入っているわけがない。それを何の疑いもなく、私が肌身離さず写真を持っているかのように言ってくる様子に、くすぐったくなった。

生徒たちは次の場所へ進んでいくのだから、中学校の教師なんて通過点でいい。そう思っている。それでも、今でも当時と同じように愛されていると信じて疑わない教え子の様子に触れたりすると、どこかうれしくなる。もちろん、私だって、形は変わっているだろうけれど、担任していた時と同じように、教え子のためならなんだってできるはずだと自分を信じている。

そう。そのはずなのだけど、当時いろいろ撮っていた写真は一枚もない。捨てはしないだろうけど、どこにあるか見当もつかない。とりあえず、彼には、押し入れの奥から必死で卒業アルバムを探し出し、アルバムの写真を写して素知らぬ顔で送っておいた。

先生の子どもって、息苦しい面がある気がする。だから、できるだけ、教師だったころの空気は残したくないと思っていた。

だけど、中学生といた十五年間は、この先何年生きたところで超えることはない濃密な時間だ。どうしたって、消えるわけがない。それに、子育てをしていると、「こんなので大丈夫だろうか」と不安になることもある。それでも、どんな時も娘の先行きが楽しみでならないのは、たくさんのすてきな中学生を見てきたからだ。

あのころの日々が、しょっちゅう私を赤面させてしまう。でも、あのころの日々が、いつだって背中を押してくれている。

ちびっこ先生、活躍の秋

二学期の幼稚園は、行事が盛りだくさんだった。運動会にバザーに遠足に参観日に音楽祭。次々押し迫ってきて、たびたび幼稚園に行っていた気がする。

最初に行われたのは、運動会。娘はコックさんの衣装を着てマラカスを振りながら踊るというお遊戯と、保護者と一緒に障害物競走を行う親子競技に出場した。

二学期に入ってすぐお遊戯の練習が始まったようで、娘は家でも毎日踊っていた。普段から幼稚園で習った歌などは自慢げに披露していたのだけど、運動会の練習は今までとは違い、単に踊るだけでなく、なぜか先生の物まねまで加わるようになった。

「せんのうえー！」

「はしるよー！」

「おすなあそびしなーい！」

などと、やいやいうるさく言いながら踊るのである。担任の先生の熱意が伝わってくるのだろう、日に日に娘の物まねは、踊り以上に磨きがかかっていった。

運動会当日。娘は一人違う方向へ走っていったりしつつも、お遊戯はなんとか終了。生き生きと踊っている子どもたちの姿に、見ているほうも、はらはらしながらも自然と笑みがこぼれる一日だった。

運動会も無事終わり、これでうるさい娘の物まねも聞かなくてすむとほっとしていたら、すぐに音楽祭の練習が始まったようで、またもや先生の物まね付きの歌練習が繰り広げられることになった。

「おうたのしせいー！」

「さんはーい！」

「げんきよくー！」

と、ちょくちょく注意を挟みながら歌うのだから、聞いているほうは落ち着かない。幼稚園でも歌練習の時に「さんはい！」と掛け声をかけていたそうで、先生ぶってお友達にひかれてはいないだろうかと少々心配になった。

音楽祭本番は、娘は慣れない雰囲気のせいか出番間際まで泣いていたけれど、舞台ではにこにこと踊りながら歌っていた。

歌って本当に不思議だ。わずか二歳にしてみんなと歌い、中学生や高校生のややこしい思春期の感情をもってしても、合唱祭は盛り上がる。一生懸命歌っている園児を見ていると、中学校の合唱祭と同じように胸が熱くなった。

そして、我が家にはもう一人盛り上がっている人物がいた。いつもはのん気な夫だ。運動会の親子競技では、スタート直前まで競技の説明が書かれたプリントに真剣に目を通し、レースが始まってからは本気で娘と走っていた。それだけならまだしも、運動会後にビデオを見て、

「うわ！　すぐ後ろに次の親子に迫られてたんやな。やばかった」

と言う始末。

保護者の方はみんな、子どもと楽しむために出場されていて、勝敗を気にしていたのはきっと夫だけだ。

バザーでは、焼きそばの屋台担当となり、前日に「焼きそばの作り方」をインターネットで調べていた。

「出来上がったのを炒めるか、売るだけだと思うよ」と言ったのだけど、何一つ料理ができない夫は焼きそば係にびくびくし、そのくせ、おいしくするコツまで調べていた。

バザー当日。前日の努力もむなしく、夫は焼きそばに妙な隠し味を忍ばせることもなく、出来上がっている焼きそばをパックに詰めるというだけの役割に終わった。

中学校で働いていた時、行事のたびに、保護者の方々が「子どもにかこつけて、楽しめるいい機会だ」などとおっしゃって参加してくださるのを、気を遣ってくださっているのだと思っていた。ＰＴＡ競技やＰＴＡコーラスがそんなに楽しいわけはないだろうと思っていたのだ。

でも、驚いたことに子どもとともに参加する行事は、本当に楽しいのだ。我が子のうきうきする気持ちがこっちにまで伝染するのだろうか。行事が近づくと心が躍ってしまう。

ひととおり行事も終わり、二学期も残りわずか。家で練習することもなくなってきたから、娘の物まねも終了のはずなのだけど、今は普段の幼稚園の様子を、先生になりきって再現している。

「さあ、やりましょー！」

「せんせいのおかおみてくださーい！」

と私を座らせ、授業をするのだ。

しかも、先生となった娘はかなりのスパルタで、「てはおひざ！」と、こっちを見て注意したかと思うと、「やりなさーい！」「はやく、やってみなさーい！」とうるさくせかす。
どうしろって言うんだと戸惑っていると、「はい、はー？」「はい、はー？」と執拗に返事を迫ってくるから、恐ろしい。担任の先生は穏やかで朗らかなかわいい先生なので、決してそんなにうるさくはない。きっと、印象に残るセリフや響きが楽しいセリフを連発して言っているのだろうけど、娘はとんでもない横暴な教師である。

私も小さいころは学校ごっこばかりしていた。幼稚園のころはぬいぐるみを生徒に見立てて、少し大きくなると近所の友達相手に先生役をしては嬉々としていた。あのころから私は教師になりたかったのだ。そして、実際に教師になって、ごっこなんか比べ物にならないくらいにすてきな仕事だと何度も思わされた。

教師を辞めた今、また学校ごっこをやることになるとは不思議なものだ。しかし、娘の授業は三十分近く続くし、娘がしゃべっているのをじっと見ていないといけないから、退屈でしかたない。そのうえ、こっそり本を読んだり、ほかの用事をしたりすると、「マーマー！」「マーマー！」と注意をしてくる。

生徒って、本当にたいへん。ごっこも、現実も、先生のほうが楽しいのかもしれない。

望まない祝福客

娘の三回目の誕生日がやってきた。今までの誕生日もプレゼントを渡したり、みんなで食卓を囲んだりはしたけれど、小さかった娘はいまいち誕生日の意味がわかっていなかった。

けれど最近では、「ハッピーバースデートゥーユー」の歌も歌えるようになり、誕生日はケーキに立てたろうそくの火を吹き消すということも、プレゼントをもらえる楽しい日だということもわかってきた。だから、今年はちょっと盛大にお祝いしようと、ほしがっていたアンパンマンのおもちゃを早々と購入して押し入れに隠し、かわいいろうそくも準備し、献立は娘の大好物であるハヤシライスに決め、はりきっていた。

そんな誕生日の三日前。いつもは朝起きるなり元気に動き回っている娘が、目を覚ましたもののぼんやりしている。なんだか変だと検温してみると、三十七度の熱がある。微熱ではあるけれど、幼稚園を休み様子をみていると、どんどん熱が上がりはじめた。

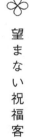

まさか、これがうわさのインフルエンザだろうか。咳《せき》や鼻水もないまま高熱が出るという症状に、ぴたりと当てはまる。いや、でも、今年は予防接種を受けておいたし、周りでかかっているという話もまだ聞かない。ただの風邪だといいんだけどと願いつつ、念のために近所の小児科に向かった。

どうやら泣く気力もないようで、病院嫌いでいつもは中に入るだけで泣きだす娘が、病院に着いてもじっとおとなしくしている。受付で「インフルエンザかもしれません」と症状を告げると別室に通され、検査を受けた。普段なら大暴れして拒否するであろう娘は、鼻に検査用の綿棒を差し込まれてもびくともしない。そして、待つこと約十分。

小さな部屋で待機していると、先生がドアを開け、

「出ましたよ。インフルエンザA型です！」

と抽選に当たったかのように報告をされた。

なんということだ。予防接種を受けなかった去年は、周りのお友達がインフルエンザにかかる中けろっとしていたのに、万全に備えた今年ははやる前にさっさとかかるなんて。先生曰《いわ》く、予防接種をしたから病状もましなのだそうだけど、嫌がる娘に無理やり注射を受けさせたのにと、がくりとしてしまった。

病院から戻ると、娘はぼそぼそとうどんを食べ、そのままことんと眠ってしまった。

そして、その後は寝て起きてはぼんやりしての繰り返しだった。

娘は今まで風邪を引いたことはあるけれど、いつも軽いもので、半日も寝ていれば回復し、病気の間でも食欲が衰えることはなかった。しかし、さすがにインフルエンザは強力らしく、どれだけ寝てもなかなか症状は軽くならなかった。

そんな状態でも、娘は食事の時間になると、「ごはんたべるー」と弱々しく訴えてくる。だけど、実際に口の近くに食べ物を持って行くと、気持ち悪くなるようで顔を背けてしまう。それでも、何か食べたいという意欲だけはあるようで、「おうどんー」「パンにするー」などと注文してくるのだから食いしん坊ぶりにはびっくりだ。でも、何にしてみても同じで、食べようとはするものの、口に入れると受け付けず、しばらくは水分とゼリーを少し口にするだけになってしまった。

予防接種の効果か、二日も経つと熱は下がり元気に家の中で遊べるようにはなった。けれど、食欲はなかなか戻らないようで何を準備しても一口二口で十分という状態が続いた。

そうこうしているうちに、誕生日がやってきた。おかゆや軟らかいうどんを少々食べられるようになった程度で、ハヤシライスなど受け付けそうにはないし、ケーキなんてとても無理だ。

残念ながら、物心がついて初めての誕生日は、素うどんを食べ、ろうそくの火を吹き消すだけで終了となった。

はりきって迎える誕生日がこんなことになるとは。大人になっていくというのは、やっぱり厳しいのだ。


誕生日の翌日から食欲が徐々に回復しはじめ、完全復活した娘は今お医者さんごっこに夢中だ。

「つぎ、ママどうぞー」

と呼び込んで、おもちゃの聴診器を当ててくるのだけど、自分が診てもらう時は膝の上に座らされがっちり押さえ込まれているから、診察とはそういうものだと思っているらしく、患者役の私にも大きなくまのぬいぐるみの上に座らせる。くまが私を抱きかかえているというイメージのようだけど、私が上に座ると、ぬいぐるみはぺしゃんこの座布団状態だ。それでも、娘は気にもせず、インフルエンザの検査のまねか鼻に棒を突っ込もうとする。そして、「だいじょうぶ。アンパンマンがおうえんしてるよ」と励ましてくる。

あの検査の時、娘が泣かずにおとなしくしていたのは、しんどいからだけではなく、どうやらひそかにアンパンマンが応援してくれていたからのようだ。

三歳の誕生日は、予想外の一日となってしまった。だけど、この機会に、病院や薬、一つ大きくなった分、平気になっていくものが増えていくといいなと思う。

明日はいつもすばらしい

三月中旬、娘が通う幼稚園の修了式が行われた。娘はそのまま同じ幼稚園に年少として入園するのだけど、プレクラスからは卒業ということで、修了証書が授与されるなかなか本格的なものだった。

三月に入ってからは、式の練習が何度も行われていたようで、娘も家で、「てはおひざ！」「せんせいのおかおみましょう」などと言いながら、修了証書をもらうまねをして喜んでいた。

さて当日。私たち保護者が後ろで見守る中、まだ三歳の子どもたちが入場し、先生の指示に合わせ立ったり座ったりと、立派に動いている姿に驚いてしまった。我が娘は辺りをきょろきょろ見回し落ち着きはないものの、それでも園長先生から証書をもらいお辞儀をして、歌も懸命に歌っていた。三年前は赤ちゃんでほとんど寝て過ごしていたのに、あっという間に大きくなるもんだとしみじみせずにはいられなかった。

これから娘はどんなふうに育っていくのだろう。最近は「おしり、ぶりー」と言いながらズボンをずらすという変な芸を披露しているけれど、ちゃんと賢くなるのだろうか。マラソン大会があるわけでもないのに、今年に入ってから毎晩、食後に掛け声をあげながら部屋の中を走っているけれど、運動は得意になるだろうか。友達はできるかな。何に夢中になるのかな。いろいろ娘の未来を考えはするけれど、結局はなんでもいいかなに落ち着く。運動や勉強ができることはすばらしいし、友達が多いと楽しいこともありそうだ。だけど、そんなことが大事ではないことを、中学生と過ごした日々は教えてくれる。

教職を離れてからも、時折学校での日々を思い出すことがある。合唱祭に体育祭。感動的なことはたくさんあったけれど、子どもができてから頭に浮かぶのはある光景だ。

私が三年生の担任をしていた時、家の外に出られなかったAさんが、突然学校に来たことがあった。彼女の家では会っていたけれど、学校で対面できるなんてとはやる気持ちを抑えながら、人と接するのが苦手なAさんのために用意されていた別室へ向かった。ところが、部屋に入ったとたん、五時間目が始まるチャイムが鳴った。五時間目は自分のクラスでの国語の授業がある。

Aさんにはスクールカウンセラーの先生が対応をしてくださることになったけれど、まずは彼女の緊張をほぐしたい。かといって、授業に行かないわけにもいかないし、どうしようかと考えていたら、別室の窓からW君の姿を見つけた。やんちゃで手を焼いていたW君だけど、時間はない。私は彼のもとへ走っていき、「Aさんが、学校に来たんだ。少し話してから教室に行くから、みんなを座らせておいて」と頼んだ。騒々しいクラスだけど、十分くらいならなんとかなるだろう。

Aさんと話をした後、私は大急ぎで教室に向かった。みんな大騒ぎをしているはずだと、教室に続く廊下まで走っていくと、おかしなことに話し声がしない。まさか、みんなで教室を抜け出したのだろうかとドキドキしながら近づくと、みんな前を向いて座っている。しかも、机の上には国語の教科書。いったい何事だとのぞいてみると、教壇にはW君がいた。

何が起こっているのかわからないまま、そっと様子をうかがってみる。しんとした中、聞こえる声に耳を澄ますと、授業でやっている教材をみんなで一行ずつ順番に読んでいるではないか。立ち歩くこともしゃべることも隠れて漫画を読むこともせず、全員でだ。教師が前にいたって、こんなまじめに授業を受けることなどそうそうない。

感心してしばらく眺めていたら、私に気づいたW君が、

「もう、はよ入ってきてやー。マジ勘弁だ」と大きな声で文句を言って、みんな大笑いした。私が教室に入ると、みんなAさんの様子をあれこれ聞いては、喜んだ。

ただの自習なら、みんな口々にしゃべって、好き放題やっていただろう。教師不在の教室なんて、想像するだけで恐ろしい。チャンスがあれば遊びたいと思うのが、中学生だ。それが、普段発言しないようなおとなしい子も、まじめに授業など受けないやんちゃな子も、みんなが前を向いて教科書を読んでいた。W君がどう話したのかはわからない。でも、同じクラスの誰かが動くのであれば、同じクラスの誰かのためにできることがあるのであれば、何かせずにいられない。仲がいいとか悪いとか、親しいとか親しくないとかは関係なく、あの時教室にいた全員に、その気持ちがあったのだと思う。

運動も勉強もできて、明るくて優しくて。我が子のこととなると欲張りそうにもなるけれど、自分と共にいる人に無関心ではいられない。そういう思いを持つことができたら、十分だ。

修了式を終え、最初の週末。家族で動物園へと出かけた。少し知識が増えた娘は怖くなったようで、トラやライオンとはまったく目を合わそうとはせず、小さな動物の前でだけはしゃいでいた。

なかでも、ミーアキャットがお気に入りで、

「ちゃんとおはなしをきいてー」

「てはおひざしてね」

と、修了式の前にさんざん言われたであろう言葉をミーアキャットに投げかけていた。

確かに、キョロキョロと頭を動かすミーアキャットは娘にそっくりだ。ミーアキャットのほうも、「君には言われたくない」と言っているだろうなと思いつつ、「じっとしましょう」「うごかないでー」と柵の前で根気強く説得し続ける娘に大笑いしてしまった。


娘との生活が始まってから、明日が二つやってくるようになった気がする。自分の明日と、自分のよりもたくさんの可能性と未来に満ちた娘の明日。自分以外の誰かの未来に手を触れることができるのは、どんな厄介ごとが付きまとったとしても、幸せなことだ。

今日はすばらしい。でも、明日はもっとすばらしい。中学生も子どもも、いつだって私に、それを示してくれる。

文庫版あとがき

日曜日の朝。娘がむくっと起きると隣の部屋へ移動し、何やらごそごそとしだした。時計はまだ六時前。自分の子どものころもそうだったらしいけど、どうして子どもは休みの日ほど早く起きるのだろう。夫は完全に熟睡しているし、私もあと一時間は寝たい。まあ自由に遊んでいるだろうと、

「まだ早いから、みんなは寝とくよー」

とベッドから声をかけもう一度眠りについた。

二十分くらい経《た》っただろうか。激しいベッドの揺れに目を覚ますと、水着に着替えた娘が布団の上をころころ転がっていた。

「朝から何してるの？」

と驚くと、

「私、アリエルだから、泳がないと」

と娘はさも当たり前の顔で答え、また忙しそうに転がりはじめた。

そうだった。ゴールデンウィークにディズニーシーに行って以来、娘はプリンセスに夢中で、大きくなったらお姫様になると言っているのだった。

プリンセスの前まで、娘の将来の夢は、きな粉団子（和菓子屋ではなく団子そのもの）だった。近くの和菓子屋では、団子を買うとたっぷりのきな粉を上からかけてもらえる。きな粉が大好きな娘は、その様子に自らが団子になることを決意し、「早く大きくなってきな粉団子になりたい」と宣言していた。

親としては、団子としてどうやって生計を立てていくのか、それよりきな粉まみれになって窒息してしまわないかと心配だったが、今の夢はプリンセス。娘も年長組になり、少し現実的になってきた。

プリンセスの中でも人魚姫アリエルがお気に入りの娘は、泳ぐのが大好きだ。年中組になった時からスイミングスクールに通いはじめて一年半。最初は大きなプールにおびえ大泣きしていた娘だけど、今は毎週スイミングを心待ちにし、家では狭いお風呂の中で潜っている。

娘とほぼ同時期に、まるで泳げない私も水泳を習いはじめた。

私が入った初級クラスは平日の昼間で、生徒は私の母親世代のお年寄りの方ばかり。そこへ四十代の私が加わったものだから、

「若い子やったらすぐ泳げるようになるわ」

だ。

「若い子は覚え早いし、ちょっと練習したら上のクラス行けるやろうな」

とエースの新入生がやってきたかのように、みなさんちやほやしてくれた。

幼稚園のママたちの中では高齢の私だけど、ここでは一番の、しかもずば抜けた若手だ。

「運動神経悪くて、全然泳げないんですよー」

と謙遜しながらも、後から入ってどんどん追い抜いちゃうのは申し訳ないなとひそかに思っていた。

ところがだ。いざレッスンが始まると、みなさんの体力に圧倒された。本当にパワフルで、二十五メートルプールをバタ足だけで何度も往復される。一方私はどうしたっておぼれているようにしか見えないらしく、先生だけでなく、おばちゃんたちにまで、

「もっと力抜いたらいいのよ」

「足着くんやから、慌てないでも大丈夫やで」

と励まされた。

結局、何回通っても泳げるようにはならず、おばちゃんたちについていく体力もなく、私は一年近く通って、スイミングをやめてしまった。

子どもとお年寄りは本当に元気だ。それを思い知っただけとなった。

夫は相変わらずで、休日は草野球に出かけるか、昼寝をして過ごしている。

夫が寝転がると、娘が、

「こら！　床では寝ません！」

と怒りながら背中に乗るのだけど、それでも夫はびくともせず寝ていて、起きてから、

「あれ？　なんか体が痛い。病気かもしれへん」

と騒いでいる。

十五キロはある娘が背中の上で暴れているのにも気づかず寝ているのだから、当然だ。よくそんな状況の中で熟睡できるものだと感心する。

そんな夫だが、先日、娘の幼稚園のファミリー参観で不覚にも大活躍した。

ファミリー参観は、家族みんなが参加でき、ゲームなどが各クラスで開催されるアットホームなものだ。娘のいる年長組では紙相撲大会が行われた。娘は二回戦くらいで敗退していたが、夫はその保護者の部で見事優勝を果たした。

ただ、保護者の部といっても、きょうだいがいるご家庭はお兄ちゃんやお姉ちゃんが参加する和やかで楽しい大会だ。そこを、夫は真剣な顔で勝ち進み、優勝をかっさらったのだ。どう見ても子ども向けに作られたかわいい表彰状をもらって喜んでいる夫の横

で、私はママたちに「またやってしまったわ」と肩をすくめていた。

そう。一年前のファミリー参観でも、夫はストロークロケット大会で、並みいる子どもたちを押しのけ優勝しているのだ。

去年は本気を出しすぎた結果だろうけど、今回は紙相撲。運で勝負が決まりそうだから、夫の優勝はまぐれだろう。そう思っていたら、帰りの車の中、夫が衝撃の事実を述べた。

「俺さ、土俵に乗せる直前に紙の力士をきちんと九十度に折ってから置いててん。まんべんなく重心かかるようにしたら、倒れにくいやろう」

まさか……。夫が本気で優勝を狙っていたとは。あまりの恐ろしさに、ママたちにはこのことは告げられないでいる。まあ、いつも寝ていて娘に怒られている夫が、「パパ、すごいよねー！」と尊敬のまなざしを向けられただけでもいいとしよう。


娘が夫に怒るのは寝ているときともう一つ。それは、お酒を飲むときだ。

七月に娘がお泊まり保育で一泊することがあったのだけど、娘は親と離れることには何も不安はないようで、それどころか、「ママ一人でこらって言うのたいへんだけど、パパお酒飲まないようにしてね」と私に忠告していた。

飲むといっても、一日おきにビール一本飲むだけで、夫は決して酒乱でもアルコール依存症でもない。ただ、夫は尿酸値が高く、健康診断で痛風についての注意が書かれたプリントをもらってきた。足を痛そうにしているおじさんが描かれたプリントを見て、娘は「これはえらいことだ」と思ったらしく、夫がお酒を飲むと注意するようになった。

娘は三歳六ヶ月健診でひっかかり、その後検査のため三回入院した。ただの検査入院で何も悪いところはないのだけど、採血やら点滴やらで、病院のつらさを我が家では誰よりも知っている。たった一度虫垂炎で入院して大騒ぎした夫とは格が違うのだ。

だからなのか、娘は元気なことが大事だと思っているようで、誰かがちょっと体調を崩すだけでうるさく言う。

「おなか痛いなんてだめでしょう」

「咳《せき》したらいけません」

などと怒るけれど、もう病気になっている時に言われてもこちらはどうしようもない。風邪さえひけないのは、けっこうなプレッシャーだ。でも、健康でいなければと思える存在がいることは、ありがたいことなのかもしれない。

今回、エッセイを読み返して、こんなことあったんだと驚くことばかりだった。子どもの成長はあまりに早く、いろんな時期があっけなく過ぎ去っていく。

たまに小さな子のお母さんに「このころの娘さんってどんな感じでした?」と聞かれるけれど、記憶喪失にでもなったのかと思うくらい答えられない。夜泣きもしていたし、離乳食も食べていたし、ハイハイだってしていた。でも、どれもずいぶんと昔のことのようでほとんど頭に残っていないのだ。

今、年長組となった娘は幼稚園が楽しいようで、何かあるたび、

「どうしよう。楽しみすぎて倒れちゃうー」

と騒いでいる。

また、「アイラブギュー」と言いながら人に抱き着くのが得意のギャグで、誰かに「ギュー」とくっついては笑っている。

ああ、こんな日がずっと続けばいいのに。心からそう思う。だけど、この日々も今までと同じように、あっけなく過ぎ去ってしまうのだろう。だからこそ、子どもといる一瞬一瞬はまぶしくてしかたない。でも、感傷的になる必要はない。今日が終われば明日。幼稚園を卒園すれば小学生。まだまだ素敵な日々は忙しく押し寄せてくる。

本書は、二〇一七年十一月、集英社より刊行されました。

初出　集英社WEB文芸「レンザブロー」
二〇一四年十一月〜二〇一七年四月

本文デザイン／アルビレオ
本文イラスト／くのまり

集英社文庫
瀬尾まいこの本

おしまいのデート

両親の離婚後、月に一度祖父と会うようになった彗《すい》子《こ》だったが……。表題作の他、元不良と教師、園児と保育士など、切なくも温かいデートを描いた短編集。

集英社文庫
瀬尾まいこの本

春、戻る

結婚を控えたさくらの前に、「兄」を名乗る見ず知らずの男の子が現れた。どう見ても年下の彼は、さくらのことをよく知っていて――。彼の正体は一体!?

集英社文庫　目録（日本文学）

集英社文庫　目録（日本文学）

集英社文庫　目録（日本文学）

集英社文庫

ファミリーデイズ

2019年10月25日　第1刷
2023年2月14日　第5刷

定価はカバーに表示してあります。

著　者　瀬尾《せお》まいこ
発行者　樋口尚也
発行所　株式会社　集英社
東京都千代田区一ツ橋2-5-10　〒101-8050
電話　【編集部】03-3230-6095
【読者係】03-3230-6080
【販売部】03-3230-6393（書店専用）
印　刷　大日本印刷株式会社
製　本　ナショナル製本協同組合

フォーマットデザイン　アリヤマデザインストア　　マークデザイン　居山浩二

ISBN978-4-08-744037-9 C0195